Translated Language Learning

Alices Abenteuer im Wunderland

De Avonturen van Alice in Wonderland

Lewis Carroll

Deutsch / Nederlands

Copyright © 2024 Tranzlaty

All rights reserved

Published by Tranzlaty

ISBN: 978-1-83566-772-9

Original text: Alice's Adventures in Wonderland
by Lewis Carroll (1865)

Abridged by Sam'l Gabriel Sons (1916)

www.tranzlaty.com

Runter in den Kaninchenbau
In het konijnenhol

Alice fing an, sehr müde zu werden
Alice begon erg moe te worden
Sie saß neben ihrer Schwester auf der Grasbank
Ze zat naast haar zus op de grasbank
aber sie hatte nichts zu tun
Maar ze had niets te doen
Ihre Schwester las ein Buch
Haar zus was een boek aan het lezen
Ein- oder zweimal schaute Alice in das Buch
een of twee keer gluurde Alice in het boek
aber das Buch enthielt keine Bilder oder Gespräche
Maar het boek bevatte geen foto's of gesprekken
"Was nützt ein Buch ohne Bilder?", dachte Alice
"Wat heb je aan een boek zonder plaatjes?", dacht Alice
"Warum sollte ein Buch keine Gespräche führen?"
"Waarom zou een boek geen gesprekken hebben?"
Aber sie hatte noch andere Dinge zu bedenken
Maar ze had andere dingen om rekening mee te houden
"Es wäre ein Vergnügen, eine Kette aus Gänseblümchen zu machen"

"Het zou een plezier zijn om een ketting van madeliefjes te maken"

"Aber lohnt es sich, aufzustehen und die Gänseblümchen zu pflücken??"

"Maar is het de moeite waard om op te staan en de madeliefjes te plukken??"

Das war nicht so leicht zu denken

Dit was niet zo gemakkelijk om over na te denken

weil sie sich an diesem Tag schläfrig und dumm fühlte

Omdat de dag haar slaperig en dom maakte

aber plötzlich wurden ihre Gedanken unterbrochen

Maar plotseling werden haar gedachten onderbroken

ein weißes Kaninchen mit rosa Augen lief dicht an ihr vorbei

een wit konijn met roze ogen rende vlak langs haar

Es war nichts übermäßig Bemerkenswertes an dem Kaninchen

Er was niets opmerkelijks aan het konijn

und Alice fand das Kaninchen auch nicht bemerkenswert

en Alice vond het konijn ook niet opmerkelijk

auch überraschte es sie nicht, als das Kaninchen sprach
Het verbaasde haar ook niet toen het Konijn sprak
»O je! Ich werde zu spät kommen!« sagte er zu sich selbst
"Oh jee! Ik zal te laat zijn!" zei hij tegen zichzelf
aber dann tat das Kaninchen etwas, was Kaninchen nicht tun
maar toen deed het Konijn iets wat konijnen niet deden
das Kaninchen zog eine Uhr aus der Westentasche
het Konijn haalde een horloge uit zijn vestzak
Er schaute auf die Uhr und eilte dann weiter
Hij keek hoe laat het was en haastte zich toen verder
Alice erhob sich erstaunt
Alice kwam verbaasd overeind
Sie hatte noch nie zuvor ein Kaninchen mit Weste gesehen!
Ze had nog nooit een konijn met een vest gezien!
noch hatte sie je ein Kaninchen mit einer Uhr gesehen!
Ze had ook nog nooit een konijn met een horloge gezien!
Alice brannte vor neuer Neugierde
Alice brandde van een nieuwe nieuwsgierigheid
und sie rannte über das Feld hinter dem Kaninchen her
en ze rende over het veld achter het Konijn aan
Sie kam gerade noch rechtzeitig, um das Kaninchen verschwinden zu sehen
Ze was net op tijd om het konijn te zien verdwijnen
Das Kaninchen hüpfte in einen großen Kaninchenbau hinab
Het konijn sprong naar beneden in een groot konijnenhol
Im nächsten Augenblick stürzte Alice hinter dem Kaninchen her!
In een ander moment ging Alice achter het konijn aan!
Der Kaninchenbau ging geradeaus wie ein Tunnel
Het konijnenhol ging rechtdoor als een tunnel
und der Tunnel ging noch eine Weile weiter
En de tunnel bleef een eindje doorgaan
und dann senkte sich der Weg plötzlich hinunter
En toen dook het pad plotseling naar beneden
Alice hatte keinen Augenblick, daran zu denken, ob sie sich zurückhalten sollte
zurückhalten sollte

Alice had geen moment om na te denken over het stoppen van zichzelf
Sie fiel hin und hinunter und hinunter
Ze merkte dat ze naar beneden en naar beneden en naar beneden en naar beneden viel
Es schien, als sei sie in einen sehr tiefen Brunnen gefallen
Het leek alsof ze in een hele diepe put was gevallen
Entweder war der Brunnen sehr tief, oder sie fiel sehr langsam
Of de put was heel diep, of ze viel heel langzaam
denn sie hatte viel Zeit zum Fallen
Omdat ze alle tijd had om te vallen
Als sie fiel, konnte sie sich umsehen
Terwijl ze viel, kon ze om zich heen kijken
Zuerst versuchte sie herauszufinden, wohin sie ging
Eerst probeerde ze erachter te komen waar ze heen ging
aber der Brunnen war zu dunkel, um etwas zu sehen
Maar de put was te donker om iets te zien
Dann blickte sie auf die Seiten des Brunnens
Toen keek ze naar de zijkanten van de put
Und sie bemerkte, dass überall um sie herum Schränke standen
En ze merkte dat er overal om haar heen kasten waren
und rings um den Brunnen waren Bücherregale
En rondom de put stonden boekenplanken
Hier und da sah sie Karten und Bilder, die an Pflöcken hingen
Hier en daar zag ze kaarten en foto's aan pinnen hangen
Im Vorbeigehen nahm sie ein Glas aus einem der Regale
Ze pakte een pot van een van de planken terwijl ze passeerde
Das Glas wurde für seinen Inhalt gekennzeichnet
De pot was geëtiketteerd vanwege de inhoud
"MARMELADE AUS ORANGEN"
"MARMALADE GEMAAKT VAN SINAASAPPELS"
Aber zu ihrer großen Enttäuschung war das Marmeladenglas leer
Maar tot haar grote teleurstelling was het potje marmelade

leeg
Sie wollte das leere Marmeladenglas nicht fallen lassen
Ze wilde de lege marmeladepot niet laten vallen
und ihr Fall war sehr langsam
En haar val was erg langzaam
**So schaffte sie es, das Marmeladenglas in einen der
Schränke zu stellen**
Dus slaagde ze erin om de marmeladepot in een van de kasten
te zetten
Nieder, hinunter, hinunter fiel sie!
Omlaag, omlaag, naar beneden valt ze!
Würde der Fall jemals ein Ende haben?
Zou er ooit een einde komen aan de zondeval?
Es gab nichts anderes zu tun
Er was niets anders te doen
so fing Alice bald an, mit sich selbst zu reden
dus Alice begon al snel tegen zichzelf te praten
**»Dinah wird mich heute abend sehr vermissen, sollte ich
meinen!«**
"Dina zal me vanavond heel erg missen, zou ik denken!"
Dinah war Alices Katze
Dina was de kat van Alice
**»Ich hoffe, sie werden sich an ihre Untertasse mit Milch zur
Teezeit erinnern.«**
"Ik hoop dat ze zich haar schoteltje melk herinneren tijdens de
thee"
**»Dinah, meine Liebe, ich wünschte, du wärst hier unten bei
mir!«**
"Dina, mijn liefste, ik wou dat je hier bij me was!"
Alice fühlte, als würde sie einschlafen
Alice had het gevoel dat ze in slaap viel
Und dann plötzlich, dumpf! Bums!
En dan plotseling, dreun! bonzen!
Sie fiel auf einen Haufen Stöcke
Ze viel op een hoop stokken
und sie landete auf einem Haufen trockener Blätter
En ze landde op een stapel droge bladeren

Und endlich war der lange Sturz in das Loch vorbei
En eindelijk was de lange val in het gat voorbij
Alice war kein bisschen verletzt
Alice was niet een beetje gekwetst
und sie sprang in einem Augenblick auf
En ze sprong binnen een oogwenk op
Sie blickte auf, aber es war alles dunkel über ihr
Ze keek op, maar het was allemaal donker boven haar hoofd
Vor ihr lag ein weiterer langer Korridor
Voor haar was nog een lange gang
und das weiße Kaninchen war noch in Sicht
en het Witte Konijn was nog steeds in zicht
Er eilte den Korridor hinunter
Hij haastte zich door de gang
Es war kein Augenblick zu verlieren
Er was geen moment te verliezen
davonlief Alice wie der Wind
Alice rende weg als de wind
um die Ecke drehte sich das Kaninchen
Om de hoek draaide het konijn zich om
Sie kam gerade noch rechtzeitig, um das Kaninchen zu hören
Ze was net op tijd om het konijn te horen
"Oh, meine Ohren und Schnurrhaare"
""Oh, mijn oren en snorharen"
"Wie spät es wird!"
"Wat wordt het laat!"
Sie war dicht hinter dem Kaninchen
Ze zat vlak achter het konijn
Sie bog um eine weitere Ecke
Ze draaide zich nog een hoek om
aber das Kaninchen war nicht mehr zu sehen
maar het Konijn was niet meer te zien
Sie befand sich in einer langen, niedrigen Halle
Ze bevond zich in een lange, lage hal
Der Saal wurde von einer Reihe von Deckenlampen erleuchtet
erleuchtet

De zaal werd verlicht door een rij plafondlampen
Überall im Saal gab es Türen
Er waren deuren rondom de hal
aber alle Türen waren verschlossen
Maar alle deuren waren op slot
**Sie ging den ganzen Weg an der einen Seite des Flurs
hinunter**
Ze liep helemaal langs één kant van de zaal
**Und sie war den ganzen Weg auf der anderen Seite des Flurs
hinaufgegegangen**
En ze was helemaal naar de andere kant van de gang gelopen
Sie hatte jede Tür ausprobiert
Ze had elke deur geprobeerd
Und sie ging traurig in der Mitte des Saales entlang
En ze liep verdrietig door het midden van de zaal
"Wie komme ich da mal wieder raus?"
"hoe kom ik er ooit weer uit?"

Plötzlich stieß sie auf einen kleinen Tisch
Plotseling kwam ze bij een tafeltje
Der Tisch wurde komplett aus massivem Glas gefertigt
De tafel is volledig gemaakt van massief glas
Auf dem Tisch lag nichts als ein winziger goldener Schlüssel
Er lag niets anders op tafel dan een piepklein goudkleurig sleuteltje
Der Schlüssel könnte zu einer der Türen gehören!
De sleutel zou wel eens van een van de deuren kunnen zijn!
Aber ach! Einige der Schlösser waren zu groß für die Schlüssel
Maar helaas! Sommige sloten waren te groot voor de sleutels
und für die anderen Schlösser war der Schlüssel zu klein
En voor de andere sloten was de sleutel te klein
aber auf jeden Fall öffnete der Schlüssel keine der Türen
Maar in ieder geval opende de sleutel geen van de deuren
Aber was sollte sie tun?
Maar wat moest ze doen?
Sie ging wieder durch den Saal
Ze liep weer door de gang
Und diesmal bemerkte sie einen niedrigen Vorhang
En deze keer zag ze een laag gordijn
Hinter dem Vorhang war eine kleine Tür
Achter het gordijn was een deurtje
Die Tür war etwa fünfzehn Zoll hoch
De deur was ongeveer vijftien centimeter hoog
Sie probierte den kleinen goldenen Schlüssel im Schloss aus
Ze probeerde het gouden sleuteltje in het slot
Und zu ihrer großen Freude passte der Schlüssel ins Schloss!
En tot haar grote vreugde paste de sleutel in het slot!
Alice öffnete die Tür
Alice opende de deur
und sie fand, daß die Tür in einen kleinen Korridor führte
En ze ontdekte dat de deur naar een kleine gang leidde
Der Korridor war nicht viel größer als ein Rattenloch
De gang was niet veel groter dan een rattenhol

Sie kniete nieder und blickte den Korridor entlang
Ze knielde neer en keek de gang in
Und sie sah den schönsten Garten, den du je gesehen hast
En ze zag de mooiste tuin die je ooit hebt gezien
wie sehr sie sich danach sehnte, aus dieser dunklen Halle herauszukommen
Wat verlangde ze ernaar om uit die donkere zaal te komen
wie sie sich wünschte, zwischen diesen leuchtenden Blumen zu wandern
Wat wilde ze dwalen tussen die fleurige bloemen
Wie cool die Erfrischung dieser Brunnen aussah
Wat zagen die fonteinen er cool verfrissend uit
aber sie konnte nicht einmal ihren Kopf durch die Tür stecken
Maar ze kon niet eens haar hoofd door de deuropening krijgen
»Oh,« sagte Alice traurig
"Oh," zei Alice treurig
»wie sehr wünschte ich, ich könnte mich zusammenfalten wie ein Fernrohr!«
"Wat zou ik willen dat ik me kon opvouwen als een telescoop!"
"Ich glaube, ich könnte mich zusammenfalten wie ein Teleskop"
"Ik denk dat ik me zou kunnen opvouwen als een telescoop"
"Wenn ich nur wüsste, wie ich anfangen sollte"
"Als ik maar wist hoe te beginnen"
Alice ging zurück an den Tisch
Alice ging terug naar de tafel
Es bestand die Möglichkeit, einen weiteren Schlüssel zu finden
Er was de kans om een andere sleutel te vinden
Oder es gibt ein Buch mit Regeln
Of misschien is er een boek met regels
Das Buch könnte ihr sagen, wie man sich wie ein Teleskop zusammenfaltet
Het boek zou haar kunnen vertellen hoe ze zich als een telescoop moet opvouwen

Diesmal fand sie ein Fläschchen
Deze keer vond ze een flesje
"Diese Flasche war gewiß vorher nicht hier," sagte Alice
"Deze fles was hier zeker niet eerder," zei Alice
Und um den Flaschenhals war ein Papieretikett gebunden
En om de hals van de fles was een papieren etiket gebonden
Das Etikett war wunderschön in großen Buchstaben
gedruckt
Het etiket was prachtig gedrukt in grote letters
"TRINK MICH"
"DRINK MIJ"
»Nein, ich werde erst nachsehen«, sagte sie
"Nee, ik zal eerst kijken", zei ze
"Ich werde sehen, ob die Flasche als giftig gekennzeichnet
ist oder nicht."
"Ik zal kijken of de fles als giftig is gemarkeerd of niet,"
weil sie die Lektion über das Gift nie vergessen hat
Omdat ze de les over gif nooit vergat
"Wenn eine Flasche als giftig gekennzeichnet ist, wird sie
Ihnen bestimmt nicht zustimmen"
"Als een fles als giftig wordt bestempeld, zal hij het zeker niet
met je eens zijn"
Diese Flasche war jedoch nicht als giftig gekennzeichnet
Deze fles was echter niet gemarkeerd als giftig
so wagte Alice es, den Inhalt der Flasche zu kosten
dus waagde Alice het om de inhoud van de fles te proeven
Sie fand die Flüssigkeit ganz nach ihrem Geschmack
Ze vond de vloeistof best naar haar zin
Das Getränk hatte einen gemischten Geschmack
Het drankje had een soort gemengde smaak
Kirschkuchen, Vanillepudding und Ananas
Kersentaart, vla en ananas
Gebratener Truthahn, Toffee und Toast mit heißer Butter
Rooster kalkoen, toffee en toast met hete boter
und bald trank sie die Flasche aus
En ze dronk de fles snel op
"Was für ein merkwürdiges Gefühl!" sagte Alice

"Wat een merkwaardig gevoel!" zei Alice
"Ich klappe mich zusammen wie ein Teleskop!"
"Ik vouw me op als een telescoop!"
Und sie faltete sich tatsächlich zusammen wie ein Teleskop!
En ze vouwde zich inderdaad op als een telescoop!
Sie war jetzt nur noch zehn Zentimeter groß
Ze was nu nog maar tien centimeter hoog
und ihr Gesicht erhellte sich bei ihren Gedanken
En haar gezicht klaarde op bij haar gedachten
Jetzt hatte sie die richtige Größe für das Türchen
Nu had ze de juiste maat voor het deurtje
Jetzt konnte sie in diesen schönen Garten gehen
Nu kon ze die mooie tuin in
Bald hörte sie auf, kleiner zu werden
Al snel werd ze niet meer kleiner
Sie beschloß, sofort in den Garten zu gehen
Ze besloot meteen de tuin in te gaan
aber wehe der armen Alice!
maar helaas voor de arme Alice!
Sie kam zur Tür
Ze kwam bij de deur
Aber sie hatte den kleinen goldenen Schlüssel vergessen
Maar ze was het gouden sleuteltje vergeten
Sie ging zurück zum Tisch, um den Schlüssel zu holen
Ze ging terug naar de tafel voor de sleutel
aber sie merkte, daß sie nicht hoch genug greifen konnte
Maar ze merkte dat ze niet hoog genoeg kon reiken
Sie konnte den Schlüssel ganz deutlich durch das Glas sehen
Ze kon de sleutel heel duidelijk door het glas zien
Sie versuchte, die Beine des Tisches hinaufzuklettern
Ze probeerde langs de poten van de tafel omhoog te klimmen
Aber das Glas war viel zu rutschig
Maar het glas was veel te glad
Irgendwann erschöpfte sie sich mit dem Versuch
Uiteindelijk werd ze moe van het proberen
Und das arme kleine Mädchen setzte sich hin und weinte

En het arme meisje ging zitten en huilde
Alice sprach ziemlich scharf mit sich selbst
Alice sprak nogal scherp tegen zichzelf
"Komm, es hat keinen Zweck, so zu weinen!"
"Kom, het heeft geen zin om zo te huilen!"
"Ich rate dir, gleich aufzuhören!"
"Ik raad je aan om nu meteen te stoppen!"
Sie gab sich im Allgemeinen sehr gute Ratschläge
Ze gaf zichzelf over het algemeen zeer goede adviezen
obwohl sie nur sehr selten ihren eigenen Rat befolgte
hoewel ze zelden haar eigen advies opvolgde
und sie war manchmal zu streng mit sich selbst
En ze was soms te streng voor zichzelf
und ihre Worte trieben ihr Tränen in die Augen
En haar woorden brachten tranen in haar ogen
Bald fiel ihr Blick auf einen kleinen Glaskasten
Al snel viel haar oog op een klein glazen doosje
Der kleine Glaskasten lag unter dem Tisch
Het glazen doosje lag onder de tafel
In dem Glaskasten befand sich ein sehr kleiner Kuchen
In de glazen doos zat een heel klein taartje
Auf dem Kuchen waren einige Worte schön geschrieben
Op de taart waren enkele woorden prachtig geschreven
die Worte waren in Johannisbeeren markiert worden
De woorden waren gemarkeerd in krenten
"MICH ESSEN"
"EET MIJ"
"Nun, ich werde den Kuchen essen," sagte Alice
"Nou, ik zal de taart opeten", zei Alice
"Und wenn mich der Kuchen größer werden lässt, kann ich den Schlüssel erreichen"
"En als de taart me groter doet worden, kan ik bij de sleutel"
"Und wenn mich der Kuchen kleiner werden lässt, kann ich unter die Tür kriechen"
"En als de taart me kleiner maakt, kan ik onder de deur door kruipen"
"Also so oder so komme ich in den Garten"

"dus hoe dan ook, ik ga de tuin in"
"Und es ist mir egal, was von beidem passiert!"
"En het kan me niet schelen welke van de twee gebeurt!"
Sie aß ein wenig von dem Kuchen
Ze at een klein beetje van de taart
und sie sprach ängstlich zu sich selbst:
En ze sprak angstig tegen zichzelf:
"In welche Richtung? In welche Richtung?"
"Welke kant op? Welke kant op?"
und sie hielt die Hand auf den Kopf
En ze hield haar hand op haar hoofd
Sie wollte spüren, in welche Richtung sie wuchs
Ze wilde voelen welke kant ze op groeide
Sie war ganz überrascht, als sie erfuhr, was geschehen war
Ze was nogal verrast toen ze ontdekte wat er was gebeurd
Sie war gleich groß geblieben!
Ze was even groot gebleven!
Also verdoppelte sie dieses Mal ihre Bemühungen
Dus deze keer verdubbelde ze haar inspanningen
Und bald war der ganze Kuchen fertig
En al snel maakte ze de hele taart op

Der Pool der Tränen
De poel van tranen

"Das wird immer interessanter!" rief Alice
"Dit wordt steeds interessanter!" riep Alice

Man kann sehen, dass sie sehr überrascht war
Je kunt zien dat ze erg verrast was

"Ich öffne mich wie das größte Teleskop, das es je gab!"
"Ik open me als de grootste telescoop die er ooit is geweest!"

»Auf Wiedersehen, Füße! Oh, meine armen kleinen Füße"
"Tot ziens, voeten! Oh, mijn arme kleine voetjes"

"Ich frage mich, wer euch jetzt die Schuhe anziehen wird, meine Lieben?"
"Ik vraag me af wie nu je schoenen voor je zal aantrekken, lieverds?"

»und ich frage mich, wer Ihre Strümpfe anziehen wird?«
"En ik vraag me af wie je kousen zal aantrekken?"

"Ich werde viel zu weit weg sein"
"Ik zal veel te ver weg zijn"

"Ich werde mich nicht mehr um dich kümmern können"
"Ik zal me niet meer druk over je kunnen maken"

In diesem Augenblick schlug ihr Kopf gegen etwas
Juist op dat moment stootte haar hoofd ergens tegenaan

Sie hatte das Dach des Saales erreicht
Ze had het dak van de hal bereikt

Tatsächlich war sie jetzt mehr als zwei Meter groß
In feite was ze nu meer dan twee meter lang

und sie ergriff sogleich den kleinen goldenen Schlüssel
En meteen nam ze het gouden sleuteltje op

und sie eilte zur Gartentür
En ze haastte zich naar de tuindeur

Arme Alice! Es gab nicht viel, was sie tun konnte
Arme Alice! Er was niet veel dat ze kon doen

Sie legte sich auf die Seite
Ze ging op één zij liggen

Und sie blickte mit einem Auge in den Garten hinein
En ze keek met één oog de tuin in

Aber durchzukommen war hoffnungsloser denn je

Maar om er doorheen te komen was hopelozer dan ooit

Sie setzte sich und fing wieder an zu weinen

Ze ging zitten en begon weer te huilen

Sie fuhr fort, literweise Tränen zu vergießen

Ze bleef liters tranen vergieten

Bald war ein großer Pool um sie herum

Al snel was er een groot zwembad om haar heen

und das Wasser reichte bis zur Hälfte des Flurs

En het water kwam tot halverwege de zaal

Nach einer Weile hörte sie ein leises Getrappel von Füßen

Na een tijdje hoorde ze een beetje getrappel van voeten

Sie hörte die Füße aus der Ferne kommen

Ze hoorde de voeten uit de verte komen

Und sie trocknete sich hastig die Augen, um zu sehen, was kommen würde

En ze droogde haastig haar ogen om te zien wat er ging komen

Es war das weiße Kaninchen, das zurückkehrte

Het was het Witte Konijn dat terugkeerde

Er war prächtig gekleidet

Hij was prachtig gekleed

Er hatte ein Paar weiße Handschuhe in der einen Hand

Hij had een paar witte handschoenen in zijn ene hand

Und in der anderen Hand hatte er einen großen Federfächer

En hij had een grote verenwaaier in de andere hand

Er kam in großer Eile dahergetrabt

Hij kwam in grote haast aandraven

und er murmelte vor sich hin: »Ach! die Herzogin, die Herzogin!«

en hij mompelde in zichzelf: "O! de hertogin, de hertogin!"

»Ach! wird sie nicht wild sein, wenn ich sie habe warten lassen?«

"Oh! Zou ze niet woest zijn als ik haar heb laten wachten?"

Als das Kaninchen in ihre Nähe kam, sprach Alice
Toen het Konijn bij haar in de buurt kwam, sprak Alice
aber sie sprach mit leiser, schüchterner Stimme
Maar ze sprak met een lage, verlegen stem
"Sir, bitte hören Sie für einen Moment auf, was Sie tun"
"Meneer, stop alstublieft even met wat u aan het doen bent"
Das Kaninchen erschrak heftig
Het Konijn schrok hevig
Er ließ die weißen Handschuhe und den Federfächer fallen
Hij liet de witte handschoenen en de verenwaaier vallen
und er eilte fort in die Dunkelheit, so schnell er konnte
En hij haastte zich zo snel als hij kon weg in de duisternis
Alice hob den Federfächer und die Handschuhe auf
Alice pakte de verenwaaier en handschoenen op
**Und sie fächelte sich immer wieder Luft zu, während sie
sprach**
En ze bleef zichzelf uitwaaieren terwijl ze bleef praten
»Liebes, liebes Kind! Wie seltsam ist das alles heute!"
"Lieve, lieve! Hoe vreemd is alles vandaag!"
"Gestern ging es weiter wie bisher"

"Gisteren ging het gewoon door"

"War ich heute Morgen noch so, als ich aufgestanden bin?"

"Was ik dezelfde toen ik vanmorgen opstond?"

"Aber wenn ich nicht mehr derselbe bin, dann ist das eine andere Frage"

"Maar als ik niet dezelfde ben, is er een andere vraag"

"Wer in aller Welt bin ich?"

"Wie ben ik in hemelsnaam?"

"Ah, das ist das große Rätsel!"

"Ah, dat is de grote puzzel!"

Während sie das sagte, blickte sie auf ihre Hände hinunter

Terwijl ze dit zei, keek ze naar haar handen

Sie trug einen der kleinen weißen Handschuhe des Kaninchens

Ze droeg een van de kleine witte handschoentjes van het konijn

Sie hatte nicht bemerkt, dass sie den Handschuh angezogen hatte, während sie sprach

Ze had niet gemerkt dat ze de handschoen aantrok tijdens het praten

"Wie konnte ich das machen?" dachte sie

"Hoe kan ik dat gedaan hebben?" dacht ze

"Ich muss wieder klein werden"

"Ik moet weer klein worden"

Sie stand auf und ging zum Tisch, um ihre Größe zu messen

Ze stond op en ging naar de tafel om haar lengte te meten

Sie stellte fest, dass sie jetzt etwa einen halben Meter groß war

Ze ontdekte dat ze nu ongeveer een halve meter lang was

und sie schrumpfte immer noch schnell

En ze kromp nog steeds snel in elkaar

Bald fand sie heraus, was die Ursache für das Schrumpfen war

Ze kwam er al snel achter wat de oorzaak van het krimpen was

Der Federfächer machte sie wieder kleiner!

De verenwaaier maakte haar weer kleiner!

Und sie ließ hastig den Federfächer fallen

En ze liet de verenwaaier haastig vallen

Sie ließ den Federfächer gerade noch rechtzeitig fallen, um sich zu retten

Ze liet de verenwaaier net op tijd vallen om zichzelf te redden

Hätte sie sich noch länger Luft zugefächelt, wäre sie völlig zusammengeschrumpft

Als ze zich nog langer had uitgewaaierd, zou ze helemaal zijn gekrompen

»Das war ein knappes Entkommen!« sagte Alice

"Dat was een nipte ontsnapping!" zei Alice

und sie erschrak sehr über die plötzliche Veränderung

En ze was behoorlijk bang voor de plotselinge verandering

aber sie war sehr froh, daß sie noch da war

Maar ze was erg blij dat ze nog steeds bestond

"Und jetzt ab in den Garten!"

"En nu, op naar de tuin!"

Und sie lief mit aller Geschwindigkeit zurück zu der kleinen Tür

En ze rende met volle vaart terug naar het deurtje

Aber ach! Das Türchen wurde wieder geschlossen

Maar helaas! Het deurtje was weer dicht

Und das goldene Schlüsselchen lag wieder auf dem Glastisch

En het gouden sleuteltje lag weer op de glazen tafel

"Es ist schlimmer als je!" dachte das arme Kind

"Het is erger dan ooit," dacht het arme kind

"So klein war ich noch nie, niemals!"

"Ik was nog nooit zo klein als dit, nooit!"

Bei diesen Worten rutschte ihr Fuß aus

Terwijl ze deze woorden uitsprak, gleed haar voet uit

Und im nächsten Augenblick gab es ein großes Plätschern!

En in een ander moment was er een geweldige plons!

Sie stand bis zum Kinn im Salzwasser

Ze stond tot haar kin in het zoute water

Ihre erste Idee war, dass sie irgendwie ins Meer gefallen war

Haar eerste idee was dat ze op de een of andere manier in zee

was gevallen
Sie erkannte jedoch bald, worin sie sich befand
Ze realiseerde zich echter al snel waar ze zich in bevond
Sie war in einer Tränenlache
Ze lag in een poel van tranen
**die Tränen, die sie geweint hatte, als sie zwei Meter groß
war**
de tranen die ze had gehuild toen ze twee meter lang was

In diesem Augenblick hörte sie etwas
Op dat moment hoorde ze iets
Etwas plätscherte im Pool herum
Er spetterde iets in het zwembad
Das Plätschern kam aus einiger Entfernung
Het gespetter kwam van een eindje weg
**und sie schwamm näher, um zu sehen, was das Plätschern
war**
En ze zwom dichterbij om te zien wat het gespetter was
Bald sah sie, dass es nur eine kleine Maus war
Ze zag al snel dat het maar een klein muisje was

Auch die kleine Maus war ins Wasser geschlüpft
De kleine muis was ook in het water geglipt
Alice dachte bei sich über die Situation nach
Alice dacht bij zichzelf na over de situatie
"Würde es etwas nützen, mit dieser Maus zu sprechen?"
"Zou het enig nut hebben om met deze muis te praten?"
"Hier unten steht alles auf dem Kopf"
"Alles staat hier zo op zijn kop"
"Ich denke, es ist sehr wahrscheinlich, dass diese Maus sprechen kann."
"Ik zou denken dat het zeer waarschijnlijk is dat deze muis kan praten"
"Es schadet jedenfalls nicht, es zu versuchen"
"Het kan in ieder geval geen kwaad om het te proberen"
Also begann sie zu versuchen, mit der Maus zu sprechen
Dus begon ze te proberen met de muis te praten
"Oh Maus, kennst du den Weg aus diesem Pool?"
"Oh Muis, weet jij de weg uit dit zwembad?"
"Ich bin es leid, hier herumzuschwimmen, oh Maus!"
"Ik ben het erg beu om hier rond te zwemmen, Oh Muis!"
Die Maus schaute sie ziemlich neugierig an
De muis keek haar nogal onderzoekend aan
Die Maus schien mit einem ihrer kleinen Augen zu blinzeln
De muis leek met een van zijn kleine oogjes te knipogen
Aber die kleine Maus sagte nichts
Maar het muisje zei niets
"Vielleicht versteht die Maus kein Englisch!" dachte Alice
"Misschien verstaat de muis geen Engels", dacht Alice
"Ich wage zu behaupten, es ist eine französische Maus"
"Ik durf te zeggen dat het een Franse muis is"
"Vielleicht kam diese Maus mit Wilhelm dem Eroberer herüber"
"misschien is deze muis overgekomen met Willem de Veroveraar"
Also fing sie wieder an, auf Französisch
Dus begon ze opnieuw, in het Frans
"Wo ist meine Katze?", fragte sie auf Französisch

"Waar is mijn kat?" vroeg ze in het Frans
es war der erste Satz in ihrem französischen Unterrichtsbuch
het was de eerste zin in haar Franse lesboek
Die Maus machte einen plötzlichen Sprung aus dem Wasser
De Muis maakte een plotselinge sprong uit het water
Und die Maus schien am ganzen Leibe vor Schreck zu zittern
En de muis leek helemaal te trillen van angst
"Oh, ich bitte um Verzeihung!" rief Alice hastig
"O, neem me niet kwalijk!" riep Alice haastig
Sie fürchtete, sie habe die Gefühle des armen Tieres verletzt
Ze was bang dat ze de gevoelens van het arme dier had gekwetst
"Ich habe ganz vergessen, dass du keine Katzen magst"
"Ik was helemaal vergeten dat je niet van katten hield"
"Ich mag keine Katzen!" rief die Maus mit schriller, leidenschaftlicher Stimme
"Ik hou niet van katten!" riep de Muis met een schrille, hartstochtelijke stem
"Hättest du gerne Katzen, wenn du ich wärst?"
"Zou je katten willen, als je mij was?"
Alice tröstete die Maus in einem beruhigenden Ton
Alice troostte de muis op een kalmerende toon
"Naja, vielleicht würde ich an deiner Stelle auch keine Katzen mögen"
"Nou, misschien zou ik ook niet van katten houden als ik jou was"
"Bitte ärgern Sie sich nicht über die Erwähnung von Katzen"
"Wees alsjeblieft niet boos over het noemen van katten"
"Und doch wünschte ich, ich könnte dir unsere Katze Dina zeigen"
"En toch wou ik dat ik je onze kat Dina kon laten zien"
"Wenn du sie treffen würdest, würdest du wohl Gefallen an Katzen finden"
"Als je haar zou ontmoeten, denk ik dat je een oogje op katten zou hebben"
"Wenn du sie nur sehen könntest"

"Als je haar maar kon zien"
"Sie ist so ein liebes, stilles Ding"
"Ze is zo'n liev, stil ding"
Die Maus zitterte am ganzen Körper
De muis trilde helemaal
Alice war sich sicher, dass die Maus wirklich beleidigt sein musste
Alice was er zeker van dat de muis echt beledigd moest zijn
"Wir reden nicht mehr über sie, wenn du lieber nicht willst"
"We zullen niet meer over haar praten, als je dat liever niet doet"
"Wir, allerdings!" rief die Maus
"Wij, inderdaad!" riep de Muis
Die Maus zitterte bis zum Ende ihres Schwanzes
De muis beefde tot het einde van zijn staart
»Als ob ich über so ein Thema reden würde!«
"Alsof ik over zo'n onderwerp zou praten!"
"Unsere Familie hat Katzen schon immer gehasst"
"Ons gezin had altijd een hekel aan katten"
"Katzen; Gemeine, niedrige, gemeine Dinger!"
"Katten; Smerige, lage, vulgaire dingen!"
"Laß mich den Namen nicht noch einmal hören!"
"Laat me de naam niet meer horen!"
"Katzen will ich ja nicht mehr erwähnen!" sagte Alice
"Ik zal het inderdaad niet meer over katten hebben!" zei Alice
Sie hatte es sehr eilig, das Thema zu wechseln
Ze had grote haast om van onderwerp te veranderen
"Bist du... Lieben Sie Hunde?«
"Ben jij... Ben je dol op honden?"
"Es gibt so einen netten kleinen Hund in der Nähe unseres Hauses."
"Er is zo'n leuk hondje in de buurt van ons huis,"
"Ich möchte dir den kleinen Hund zeigen!"
"Ik wil je graag het hondje laten zien!"
"Dieser kleine Hund tötet alle Ratten und...
"Dit hondje doodt alle ratten en...
»O je!« rief Alice in traurigem Tone

"Oh, jee!" riep Alice op een bedroefde toon

»Ich fürchte, ich habe dich schon wieder beleidigt!«

"Ik ben bang dat ik je weer beledigd heb!"

Die Maus schwamm so schnell sie konnte von ihr weg

De muis zwom zo snel als hij kon van haar weg

Und die Maus machte einen ziemlichen Aufruhr im Tümpel

En de muis maakte nogal wat ophef in het zwembad

Da rief sie leise der Maus nach

Dus riep ze zachtjes naar de muis

"Meine liebe Maus, komm bitte zurück!"

"Mijn lieve muis, kom alsjeblieft terug!"

"Und wir werden nicht über Katzen sprechen"

"En we zullen het niet over katten hebben"

"Und über Hunde müssen wir auch nicht reden"

"En we hoeven het ook niet over honden te hebben"

Als die Maus das hörte, drehte sie sich um

Toen de muis dit hoorde, draaide hij zich om

Und die kleine Maus schwamm langsam zu ihr zurück

En de kleine muis zwom langzaam terug naar haar

Das Gesicht der Maus war ganz blaß

Het gezicht van de muis was nogal bleek

Und die Maus sprach mit leiser, zitternder Stimme

En de muis sprak, met een lage, bevende stem

"Lasst uns ans Ufer gehen"

"Laten we naar de kust gaan"

"Und dann erzähle ich dir meine Geschichte"

"En dan zal ik je mijn geschiedenis vertellen"

"Und du wirst verstehen, warum ich Katzen und Hunde hasse"

"en je zult begrijpen waarom ik katten en honden haat"

Es war höchste Zeit zu gehen

Het was de hoogste tijd geworden om te gaan

weil der Pool ziemlich voll wurde

omdat het zwembad behoorlijk druk werd

Andere Vögel und Tiere waren in den Pool gefallen

Andere vogels en dieren waren in het zwembad gevallen

es gab eine Ente und einen Dodo

er waren een eend en een dodo
und da waren ein Lory-Vogel und ein Adler
en er was een Lory vogel en een Adelaar
und es gab noch einige andere interessant aussehende Kreaturen
En er waren verschillende andere interessant uitziende wezens
Alice führte den Weg aus dem Pool
Alice ging voor uit het zwembad
und die ganze Gesellschaft der Tiere schwamm ans Ufer
En de hele groep dieren zwom naar de kust

Ein Caucus-Rennen und ein langer Schwanz
Een caucusrace en een lange staart
Es waren in der Tat ein lustig aussehender Haufen Tiere
Het was inderdaad een grappig uitziend stel dieren
und sie versammelten sich alle am Ufer des Wassers
En ze verzamelden zich allemaal aan de oever van het water
die Vögel hatten alle zerzauste Federn
De vogels hadden allemaal verfomfaaide veren
und die pelzigen Tiere waren durchnässt
En de harige dieren waren doorweekt
und alle waren triefend nass, genervt und unwohl
En ze waren allemaal druipnat, geïrriteerd en ongemakkelijk

Es gab eine Frage, die zuerst beantwortet werden musste
Er was één vraag die eerst beantwoord moest worden
Was ist der beste Weg für alle, um trocken zu werden?
Wat is de beste manier voor iedereen om droog te worden?
Sie hatten eine Konsultation zu diesem Thema
Ze hadden een consultatie over deze kwestie
Bald waren sie alle auf vertrautem Einvernehmen
Al snel stonden ze allemaal op vertrouwde voet
Es war, als ob sie sie ihr ganzes Leben lang gekannt hätte
Het was alsof ze hen haar hele leven had gekend
Die Maus schien eine Person mit einer gewissen Autorität

zu sein
De muis leek een persoon met enig gezag te zijn
"Setzt euch, ihr alle, und hört mir zu!
"Ga zitten, jullie allemaal, en luister naar mij!
"Ich werde euch bald wieder alle trocken machen!"
"Ik maak jullie straks weer helemaal droog!"
Sie setzten sich alle auf einmal in einem großen Ring nieder
Ze gingen allemaal tegelijk zitten, in een grote ring
Und die kleine Maus saß in der Mitte
En de kleine muis zat in het midden
"Ähm!" sagte die Maus mit einer wichtigen Miene
"Ahum!" zei de muis met een veelbetekenende air
"Seid ihr bereit?"
"Ben je er helemaal klaar voor?"
"Das ist das Trockenste, was ich kenne"
"Dit is het droogste wat ik ken"
»Schweigen Sie ringsum, wenn Sie wollen!«
"Stilte rondom, als je wilt!"
"Wilhelm der Eroberer wurde vom Papst begünstigt"
"Willem de Veroveraar werd begunstigd door de paus"
"aber er wurde bald von den Engländern unterworfen"
"maar hij werd al snel door de Engelsen onderworpen"
"Sie wollten in letzter Zeit Führer"
"Ze wilden de laatste tijd leiders"
"Und sie waren an Macht und Eroberung gewöhnt"
"En zij waren gewend aan macht en verovering"
"Edwin und Morcar, die Grafen von Mercia und Northumbria"
"Edwin en Morcar, de graven van Mercia en Northumbria"
»Pfui!« sagte der Lori-Vogel mit einem Schauer
"Bah!" zei de lori-vogel met een rilling
"und sogar Stigand, der patriotische Erzbischof von Canterbury"
"en zelfs Stigand, de patriottische aartsbisschop van Canterbury"
"Er fand es auch ratsam"
"Hij vond het ook raadzaam"

"Was hielt er für ratsam?" fragte die Ente
"Wat vond hij raadzaam?" zei de eend
"Er fand es ratsam", antwortete die Maus ziemlich verärgert
"Hij vond het raadzaam," antwoordde de muis nogal boos
aber die Ente war nicht zufrieden
Maar de eend was niet tevreden
"Natürlich weißt du, was 'es' bedeutet"
"Natuurlijk, je weet wat 'het' betekent"
"Ich weiß, was es ist, wenn ich etwas finde," sagte die Ente
"Ik weet wat 'het' is als ik iets vind," zei de eend
"Es ist in der Regel ein Frosch oder ein Wurm"
"Het is meestal een kikker of een worm"
"Die Frage ist, was hat der Erzbischof gefunden?"
"De vraag is, wat heeft de aartsbisschop gevonden?"
Die Maus bemerkte diese Frage nicht
De muis merkte deze vraag niet op
Stattdessen fuhr die Maus hastig mit der Rede fort
In plaats daarvan ging de muis haastig verder met zijn
toespraak
"Er fand es ratsam, mit Edgar Atheling zu gehen"
"hij vond het raadzaam om met Edgar Atheling mee te gaan"
"um William zu treffen und ihm die Krone anzubieten"
"om Willem te ontmoeten en hem de kroon aan te bieden"
fuhr die Maus fort und wandte sich dabei an Alice
de muis ging verder en wendde zich tot Alice terwijl hij sprak
»Wie geht es dir jetzt, meine Liebe?«
"Hoe gaat het nu met je, mijn liefste?"
»So naß wie immer,« sagte Alice in melancholischem Tone
'Zo nat als altijd,' zei Alice op een melancholische toon
"Diese Geschichte scheint mich überhaupt nicht
auszutrocknen"
"Dit verhaal lijkt me helemaal niet uit te drogen"
»In diesem Falle,« sagte der Dodo feierlich und erhob sich
"In dat geval," zei de dodo plechtig, terwijl hij opstond
"Ich stimme dafür, dass die Sitzung vertagt wird"
"Ik stem voor schorsing van de vergadering"
"und ich schlage vor, sofort energischere Heilmittel zu

ergreifen"

"en ik stel een onmiddellijke adoptie van meer energetische
remedies voor"

"Sprich wahre Worte!" sagte der Adler

"Spreek echte woorden!" zei de adelaar

**"Ich weiß nicht, was die Hälfte dieser langen Worte
bedeutet"**

"Ik ken de betekenis van de helft van die lange woorden niet"

»und außerdem glaube ich nicht, daß Sie es wissen!«

"En wat meer is, ik geloof ook niet dat jij het weet!"

»Was ich sagen wollte«, sagte der Dodo in beleidigtem Ton

"Wat ik wilde zeggen," zei de dodo op een beledigde toon

**"Das Beste, was uns trocken kriegt, wäre ein Caucus-
Rennen"**

"Het beste om ons droog te krijgen zou een caucus-race zijn"

»Was ist ein Caucus-Rennen?« fragte Alice

"Wat is een caucus-race?" zei Alice

**"Nun", sagte der Dodo, "der beste Weg, es zu erklären, ist, es
zu tun."**

"Nou," zei de dodo, "de beste manier om het uit te leggen is
door het te doen"

"Zuerst steckte der Dodo eine Rennbahn ab"

"Eerst heeft de dodo een renbaan uitgezet"

"Die Strecke verlief in einer Art Kreis"
"De baan stond in een soort cirkel"
"Und dann wurde die ganze Gesellschaft entlang der Strecke platziert"
"En toen werd het hele gezelschap langs het parcours geplaatst"
Es gab kein "Eins, zwei, drei und weg!"
Er was geen "Een, twee, drie en weg!"
aber sie fingen an zu rennen, wann sie wollten
Maar ze begonnen te rennen wanneer ze wilden
Und sie beendeten auch, wenn sie wollten
En ze maakten het ook af wanneer ze wilden
Es war also nicht einfach zu wissen, wann das Rennen vorbei war
Het was dus niet gemakkelijk om te weten wanneer de race voorbij was
Nach etwa einer halben Stunde Laufen waren sie alle ziemlich trocken
Na een half uur of zo rennen waren ze allemaal behoorlijk droog
der Dodo rief plötzlich: "Das Rennen ist vorbei!"
de dodo riep plotseling: "De race is voorbij!"
Und sie drängten sich alle um den Dodo
En ze verdrongen zich allemaal rond de dodo
Alle Tiere hechelten und schnauften
Alle dieren hijgden en puften
und sie alle wollten wissen: "Aber wer hat gewonnen?"
en ze wilden allemaal weten: "Maar wie heeft er gewonnen?"
Diese Frage konnte der Dodo nicht sofort beantworten
Deze vraag kon de dodo niet meteen beantwoorden
Zuerst musste er sehr viel nachdenken
Eerst moest hij veel denkwerk doen
Nach langem Nachdenken sprach der Dodo schließlich
Na lang nadenken sprak de Dodo eindelijk
"Jeder hat gewonnen, und jeder muss Preise haben"
"Iedereen heeft gewonnen, en iedereen moet prijzen hebben"
»Aber wer soll die Preise geben?« fragte ein Chor von

Stimmen

"Maar wie zal de prijzen uitreiken?" vroeg een koor van stemmen

"Nun, sie natürlich", sagte der Dodo

"Nou, zij natuurlijk," zei de dodo

und der Dodo deutete mit einem Finger auf Alice

en de dodo wees met één vinger naar Alice

und die ganze Gesellschaft von Tieren drängte sich um sie

En de hele kudde dieren verdrong zich om haar heen

sie riefen verwirrt: »Preise! Preise!"

ze riepen op een verwarde manier: "Prijzen! Prijzen!"

Alice hatte keine Ahnung, was sie tun sollte

Alice had geen idee wat ze moest doen

Verzweifelt steckte sie die Hand in die Tasche

Wanhopig stak ze haar hand in haar zak

Und sie zog eine Schachtel mit Süßigkeiten hervor

En ze haalde een doos snoep tevoorschijn

Glücklicherweise war das Salzwasser nicht in den Kasten gelangt

Gelukkig was het zoute water niet in de doos gekomen

Und sie reichte die Süßigkeiten als Preise herum

En ze deelde de snoepjes uit als prijzen

Es gab genau ein Stück für jeden

Er was precies één stuk voor iedereen

Das nächste, was sie tun mussten, war, die Süßigkeiten zu essen

Het volgende wat ze moesten doen was de snoepjes opeten

Dies verursachte einige Geräusche und Verwirrung

Dit zorgde voor wat ruis en verwarring

Die großen Vögel klagten, dass sie ihre Süßigkeiten nicht schmecken konnten

De grote vogels klaagden dat ze hun snoep niet konden proeven

Die Kleinen verschluckten sich und mussten auf den Rücken geklopft werden

De kleintjes verslikten zich en moesten op de rug worden geklopt

Doch dann war es endlich vorbei
Maar het was eindelijk voorbij
Und sie setzten sich wieder in einem Ring nieder
En ze gingen weer in een kring zitten
Und sie flehten die Maus an, ihnen noch etwas zu erzählen
En ze smeekten de muis om hen nog iets te vertellen
»Du hast versprochen, mir deine Geschichte zu erzählen, weißt du,« sagte Alice
'Je hebt beloofd me je geschiedenis te vertellen, weet je,' zei Alice
und sie machte noch eine kleine Bemerkung über Katzen im Flüsterton
En ze maakte fluisterend nog een kleine opmerking over katten
Sie wollte die Maus nicht noch einmal beleidigen
Ze wilde de muis niet nog een keer beledigen
die kleine Maus drehte sich zu Alice um und seufzte
de kleine muis wendde zich tot Alice en zuchtte
"Meine Geschichte ist lang und traurig!"
"Het mijne is een lang en een triest verhaal!"
»Es ist gewiß ein langer Schwanz,« sagte Alice
"Het is zeker een lange staart," zei Alice
Und sie blickte verwundert auf den Schwanz der Maus hinunter
En ze keek vol verwondering naar de staart van de muis
"Aber warum nennst du es einen traurigen Schwanz?"
"Maar waarom noem je het een trieste staart?"
Und sie rätselte unaufhörlich, während die Maus sprach
En ze bleef erover puzzelen terwijl de muis sprak
so daß ihre Vorstellung von der Geschichte ungefähr so aussah
zodat haar idee van het verhaal ongeveer zo was

"Fury said to
a mouse, That
he met in the
house, 'Let
us both go
to law: *I*
will prosecute
you.—
Come, I'll
take no denial:
We must have
the trial;
For really
this morning
I've
nothing
to do.'
Said the
mouse to
the cur,
'Such a
trial, dear
sir, With
no jury
or judge,
would
be wasting
our
breath.'
'I'll be
judge,
I'll be
jury,'
said
cunning
old
Fury;
'I'll
try
the
whole
cause,
and
condemn
you to
death.'"

Fury sagte zu einer Maus, die er im Haus getroffen hat."
Woede zei tegen een muis, die hij in het huis ontmoette"
Lasst uns beide vor Gericht gehen: Ich werde euch anklagen
Laten we allebei naar de rechter gaan: ik zal je vervolgen
Kommen Sie, ich leugne es nicht: Wir müssen den Prozeß
haben
Kom, ik zal het niet ontkennen: we moeten de rechtszaak
hebben
Denn heute morgen habe ich wirklich nichts zu tun

Want echt vanmorgen heb ik niets te doen
Sagte die Maus zum Pfarrer;
Zei de muis tegen de pastoor;
Ein solcher Prozeß, lieber Herr, ohne Geschworene und
Richter, würde uns den Atem rauben
Zo'n proces, geachte heer, zonder jury of rechter, zou onze
adem verspillen
»Ich werde Richter sein, ich werde Geschworener sein«,
sagte der schlaue alte Fury
"Ik zal rechter zijn, ik zal jury zijn," zei de sluwe oude Fury
Ich werde die ganze Sache prüfen und dich zum Tode
verurteilen
Ik zal de hele zaak proberen en je ter dood veroordelen
die Maus sprach streng zu Alice
de muis sprak streng tegen Alice
"Du passt nicht auf!"
"Je let niet op!"
"Woran denkst du?"
"Waar denk je aan?"
»Ich bitte um Verzeihung,« sagte Alice sehr demütig
"Neem me niet kwalijk," zei Alice heel nederig
»Sie waren in der fünften Kurve angelangt, glaube ich?«
"Je was bij de vijfde bocht aangekomen, denk ik?"
"Du beleidigst mich, indem du so einen Unsinn redest!"
"Je beledigt me door zulke onzin te praten!"
Und die Maus stand auf und ging weg
En de muis stond op en liep weg
Alice rief der kleinen Maus hinterher
Alice riep naar het muisje
"Bitte komm zurück und beende deine Geschichte!"
"Kom alsjeblieft terug en maak je verhaal af!"
Und die andern stimmten alle in den Chor ein
En de anderen deden allemaal in koor mee
"Ja, bitte beenden Sie Ihre Geschichte!"
"Ja, maak alsjeblieft je verhaal af!"
Aber die Maus schüttelte nur ungeduldig den Kopf
Maar de muis schudde alleen maar ongeduldig zijn hoofd

Und die kleine Maus ging ein wenig schneller
En de kleine muis liep een beetje sneller
"Ich wünschte, ich hätte Dinah, unsere Katze, hier!" sagte Alice
"Ik wou dat ik Dinah, onze kat, hier had!" zei Alice
Dies erregte in der Partei ein bemerkenswertes Aufsehen
Dit veroorzaakte een opmerkelijke sensatie onder de partij
Einige der Vögel eilten sofort davon
Sommige vogels haastten zich meteen weg
und ein Kanarienvogel rief mit zitternder Stimme seinen Kindern zu;
en een kanarie riep met bevende stem tot zijn kinderen;
»Kommt fort, meine Lieben!«
"Kom weg, mijn lieverds!"
"Es ist höchste Zeit, dass ihr alle im Bett seid!"
"Het wordt hoog tijd dat jullie allemaal in bed liggen!"
Mit verschiedenen Ausreden gingen sie alle weg
Met verschillende excuses gingen ze allemaal weg
und Alice war bald allein
en Alice bleef al snel alleen achter
"Ich wünschte, ich hätte Dina nicht erwähnt!"
"Ik wou dat ik Dina niet had genoemd!"
"Niemand scheint sie hier unten zu mögen"
"Niemand lijkt haar hier leuk te vinden"
"Aber ich bin mir sicher, dass sie die beste Katze von der Welt ist!"
"Maar ik weet zeker dat ze de beste kat ter wereld is!"
Die arme Alice fing wieder an zu weinen
Arme Alice begon weer te huilen
weil sie sich sehr einsam und niedergeschlagen fühlte
Omdat ze zich erg eenzaam en neerslachtig voelde
Nach einer Weile aber hörte sie wieder etwas
Maar na een poosje hoorde ze weer iets
ein leises Getrappel von Schritten in der Ferne
een klein gekletter van voetstappen in de verte
und sie blickte eifrig auf
En ze keek gretig op

Der Hase schickt den kleinen Mr. Bill herein
Het konijn stuurt kleine meneer Bill naar binnen

Es war das weiße Kaninchen, das langsam wieder zurücktrabte
Het was het witte konijn, dat langzaam weer terugdraafde
Er sah sich ängstlich um, während er ging
Hij keek angstig om zich heen terwijl hij liep
Er sah aus, als hätte er etwas verloren
Hij zag eruit alsof hij iets kwijt was
Alice hörte, wie er vor sich hin murmelte
Alice hoorde hem in zichzelf mompelen
»Die Herzogin! Die Herzogin! Oh, meine lieben Pfoten!"
"De hertogin! De hertogin! O, mijn lieve poten!"
"Oh, mein Fell und meine Schnurrhaare!"
"Oh, mijn vacht en snorharen!"
"Sie wird mich hinrichten lassen, da bin ich mir sicher"
"Ze zal me laten executeren, daar ben ik zeker van"
"Genauso sicher, wie Frettchen Frettchen sind!"
"Net zo zeker als fretten fretten zijn!"
"Wo kann ich meine Sachen abgestellt haben, frage ich mich?"
"Waar kan ik mijn spullen hebben laten vallen, vraag ik me af?"
Alice erriet in einem Augenblick, was er suchte
Alice raadde in een oogwenk waar hij naar op zoek was

Er war auf der Suche nach dem Federfächer
Hij was op zoek naar de verenwaaier
Und er suchte nach dem Paar weißer Handschuhe
En hij was op zoek naar het paar witte handschoenen
So machte sie sich sehr gutmütig auf die Suche nach den Handschuhen
Dus ging ze heel goedmoedig op zoek naar de handschoenen
Und sie suchte auch nach dem Federfächer
En ze zocht ook naar de verenwaaier
Aber die Handschuhe und der Federfächer waren nirgends zu sehen
Maar de handschoenen en de verenwaaier waren nergens te bekennen
Alles schien sich verändert zu haben, seit sie im Pool geschwommen war
Alles leek te zijn veranderd sinds haar zwemmen in het zwembad
Nichts war mehr so, wie es war, seit sie in der Großen Halle gewesen war
Niets was meer hetzelfde sinds ze in de Grote Zaal was geweest
und der Glastisch war verschwunden
En de glazen tafel was verdwenen
Und die kleine Tür war auch nicht da
En het deurtje was er ook niet
Sehr bald bemerkte das Kaninchen Alice
Al snel merkte het konijn Alice op
rief er ihr in zornigem Ton zu
Hij riep haar op boze toon
"Mary Ann, was machst du hier draußen?"
"Mary Ann, wat doe je hier?"
"Lauf in diesem Moment nach Hause"
"Ren nu naar huis"
"Und hol mir ein Paar Handschuhe und einen Federfächer!"
"En haal een paar handschoenen en een verenwaaier!"
"Und beeil dich!"
"En wees er snel bij!"

Alice sprach mit sich selbst, als sie davonrannte
Alice sprak tegen zichzelf terwijl ze wegrende
"Er muss mich für sein Hausmädchen gehalten haben!"
"Hij moet me voor zijn dienstmeisje hebben aangezien!"
"Wie überrascht wird er sein, wenn er herausfindet, wer ich bin!"
"Wat zal hij verrast zijn als hij erachter komt wie ik ben!"
Während sie dies sagte, stieß sie auf ein hübsches Häuschen
Terwijl ze dit zei, kwam ze bij een keurig huisje
An der Tür des Hauses hing eine helle Messingplatte
Op de deur van het huis hing een fel messing plaatje
"W. HASE"
"W. KONIJN"
Sie trat ein, ohne an die Tür zu klopfen
Ze ging naar binnen zonder op de deur te kloppen
und sie eilte geradewegs die Treppe hinauf
En ze haastte zich meteen naar boven
sie machte sich Sorgen, dass sie die echte Mary Ann treffen könnte
ze was bang dat ze de echte Mary Ann zou ontmoeten
denn dann würde sie aus dem Haus gejagt werden
Want dan zou ze het huis uit worden gezet
Und sie würde den Federfächer und die Handschuhe nicht finden können
En ze zou de verenwaaier en handschoenen niet kunnen vinden
Alice hatte den Weg in ein aufgeräumtes Kämmerlein gefunden
Alice had haar weg gevonden naar een opgeruimd kamertje
Im Zimmer stand ein Tisch am Fenster
In de kamer stond een tafel bij het raam
und auf dem Tisch stand ein Federfächer
En op tafel stond een verenwaaier
Und da waren zwei oder drei Paar winzige weiße Handschuhe
En er waren twee of drie paar kleine witte handschoentjes
Sie hob den Federfächer und ein Paar Handschuhe auf

Ze pakte de verenwaaier en een paar van de handschoenen
und sie war eben im Begriff, das Zimmer zu verlassen
En ze stond op het punt de kamer te verlaten
Aber dann fiel ihr Blick auf ein Fläschchen
Maar toen viel haar oog op een flesje
Sie entkorkte die Flasche und führte sie an ihre Lippen
Ze ontkurkte de fles en zette hem aan haar lippen
"Ich hoffe, dass ich dadurch wieder groß werde"
"Ik hoop wel dat ik er weer groot van word"
"Ich bin es leid, so ein winziges Ding zu sein!"
"Ik ben het zat om zo'n klein ding te zijn!"
Alice hatte kaum die halbe Flasche getrunken
Alice had nauwelijks de helft van de fles leeggedronken
Ihr Kopf drückte bereits gegen die Decke
Haar hoofd drukte al tegen het plafond
und sie musste sich bücken
En ze moest bukken
um ihr das Genick vor dem Genickbruch zu bewahren
om te voorkomen dat haar nek wordt gebroken
Hastig stellte sie die Flasche ab
Haastig zette ze de fles neer
"Das reicht"
"Dat is genoeg"
"Ich hoffe, ich wachse nicht mehr"
"Ik hoop dat ik niet meer groei"
Leider! Es war zu spät, das zu wünschen!
Helaas! Het was te laat om dat te wensen!
Sie wuchs und wuchs weiter
Ze bleef groeien en groeien
und sehr bald musste sie sich auf den Boden knien
En al snel moest ze op de grond knielen
und selbst dann wuchs sie weiter
En zelfs toen bleef ze groeien
Als letztes Mittel streckte sie einen Arm aus dem Fenster
Als laatste redmiddel stak ze een arm uit het raam
und sie setzte einen Fuß auf den Schornstein
En ze zette een voet in de schoorsteen

"Jetzt kann ich nicht mehr, was auch immer passiert"
"Nu kan ik niets meer doen, wat er ook gebeurt"
»Was wird aus mir?«
"Wat zal er van mij worden?"

Alice hatte Glück
Alice had een beetje geluk
Das kleine Zauberfläschchen hatte seine volle Wirkung entfaltet
Het toverflesje had zijn volle effect gehad
und Alice wurde nicht größer, als sie war
en Alice werd niet groter dan ze was
Nach ein paar Minuten hörte sie draußen eine Stimme
Na een paar minuten hoorde ze buiten een stem
Und sie blieb stehen, um der Stimme zu lauschen
En ze stopte om naar de stem te luisteren
»Mary Ann! Mary Ann!« sagte die Stimme
"Maria Ann! Mary Ann!" zei de stem
"Hol mir gleich meine Handschuhe!"
"Haal nu mijn handschoenen voor me!"
Dann ertönte ein leises Getrappel von Füßen auf der Treppe
Toen kwam er een beetje getrappel van voeten op de trap
Alice wusste, dass es das Kaninchen war, das kam, um sie zu suchen

Alice wist dat het het konijn was dat haar kwam zoeken
und sie zitterte, bis sie das Haus erschütterte
En ze beefde tot ze het huis deed schudden
Sie vergaß ganz, welche Proportionen sie hatte
Ze was helemaal vergeten wat haar proporties waren
Sie war tausendmal so groß wie das Kaninchen
Ze was duizend keer zo groot als het konijn
**und sie hatte keinen Grund, sich vor einem Kaninchen zu
fürchten**
En ze had geen reden om bang te zijn voor een konijn
Bald kam das Kaninchen an die Tür heran
Weldra kwam het konijn naar de deur
Und das kleine Kaninchen versuchte, die Tür zu öffnen
En het kleine konijn probeerde de deur te openen
Die Tür begann sich nach innen zu öffnen
De deur begon naar binnen open te gaan
aber Alices Ellbogen wurde hart gegen die Tür gedrückt
maar Alice's elleboog werd hard tegen de deur gedrukt
Dieser Versuch erwies sich als Fehlschlag
Die poging liep op niets uit
Alice hörte, wie das Kaninchen mit sich selbst sprach
Alice hoorde het konijn tegen zichzelf praten
"Dann gehe ich herum und steige durch das Fenster ein"
"Dan ga ik rond en ga door het raam naar binnen"
"Das wirst du nicht!" dachte Alice
"Dat doe je niet!" dacht Alice
und sie wartete wieder ein wenig
En ze wachtte weer een beetje
Bald hörte sie das Kaninchen gerade unter dem Fenster
Al snel hoorde ze het konijn net onder het raam
Plötzlich streckte sie ihre Hand aus
Plotseling strekte ze haar hand uit
Und sie machte einen Sprung in die Luft
En ze maakte een ruk in de lucht
Sie bekam nichts in die Finger
Ze kreeg niets te pakken
aber sie hörte einen kleinen Schrei und einen Sturz

Maar ze hoorde een klein gilletje en een val
und sie hörte ein Krachen von zerbrochenem Glas
En ze hoorde een knal van gebroken glas
Vielleicht war das Kaninchen gefallen
Misschien was het konijn gevallen
Vielleicht war er in einem Gewächshaus
Misschien was hij in een kas
Dann ertönte eine zornige Stimme; Die Stimme des Kaninchens
Vervolgens kwam er een boze stem; De stem van het konijn
"Pat, wo bist du?"
"Pat, waar ben je?"
Und dann ertönte eine Stimme, die sie noch nie zuvor gehört hatte
En toen kwam er een stem die ze nog nooit eerder had gehoord
"Euer Ehren, ich bin hier!"
"Edelachtbare, ik ben hier!"
"Ich grabe nach Äpfeln"
"Ik ben aan het graven naar appels"
»Hier! Komm und hilf mir da raus!"
"Hier! Kom en help me hieruit!"
»Nun sag mir, Pat, was ist das da im Fenster?«
"Vertel me nu eens, Pat, wat is dat in het raam?"
"Sicher, Euer Ehren, ich werde es Ihnen sagen"
"Natuurlijk, edelachtbare, ik zal het u vertellen"
"Das ist ein Arm, der im Fenster steckt!"
"Het is een arm die in het raam zit!"
"Na ja, da hat ein Arm nichts zu suchen"
"Nou, een arm heeft daar niets te zoeken"
"Geh und nimm den Arm weg!"
"Ga en neem de arm weg!"
Hierauf trat ein langes Schweigen ein
Hierna viel er een lange stilte
und Alice konnte nur ab und zu ein Flüstern hören
en Alice kon alleen af en toe gefluister horen
und endlich streckte sie die Hand wieder aus

En eindelijk strekte ze haar hand weer uit
Und sie machte einen weiteren Sprung in die Luft
En ze maakte nog een ruk in de lucht
Diesmal gab es zwei kleine Schreie
Deze keer waren er twee kleine gilmetjes
und es gab noch mehr Geräusche von zerbrochenem Glas
En er was meer geluid van gebroken glas
"Ich möchte wohl wissen, was sie nun tun werden!" dachte Alice
"Ik vraag me af wat ze nu gaan doen!" dacht Alice
"Ich wünschte, sie würden mich aus dem Fenster ziehen"
"Ik wou dat ze me uit het raam zouden trekken"
Sie wartete eine Weile
Ze wachtte enige tijd
aber eine Weile hörte sie nichts mehr
Maar een tijdje hoorde ze niets meer
Endlich ertönte das Rumpeln kleiner Rädchen
Eindelijk kwam er een gerommel van kleine wieltjes
Und da ertönten viele Stimmen
En daar klonk het geluid van een groot aantal stemmen
Alle Stimmen sprachen miteinander
Alle stemmen spraken samen
Sie konnte einige der Worte verstehen
Ze kon sommige van de woorden onderscheiden
"Wo ist die andere Leiter?"
"Waar is de andere ladder?"
"Bill hat die andere Leiter"
"Bill heeft de andere ladder"
"Bill, komm her!"
"Bill, kom hier!"
"Wird das Dach die Last tragen?"
"Zal het dak de last dragen?"
"Wer will schon den Schornstein hinuntergehen?"
"Wie wil er door de schoorsteen gaan?"
»Nein, das werde ich nicht! Du machst es!"
"Neen, dat zal ik niet doen! Jij doet het!"
»Hier, Bill!«

"Hier, Bill!"
"Der Meister sagt, du musst in den Schornstein hinunter!"
"De meester zegt dat je door de schoorsteen moet gaan!"
Alice zog ihren Fuß so weit den Schornstein hinab, wie sie konnte
Alice trok haar voet zo ver mogelijk door de schoorsteen
Und dann wartete sie, was kommen würde
En toen wachtte ze om te zien wat er zou komen
Sie hörte ein kleines Tier kratzen und krabbeln
Ze hoorde een diertje krabben en klauteren
Das Tierchen muss sich im Schornstein befinden
Het diertje moet in de schoorsteen zitten
dann gab sie einen scharfen Tritt
Toen gaf ze een harde trap
Und sie wartete ab, was als nächstes geschehen würde
En ze wachtte om te zien wat er nu zou gebeuren
Sie hörte einen allgemeinen Chor von Stimmen
Ze hoorde een algemeen koor van stemmen
"Da geht Bill!", sagten alle
"Daar gaat Bill!" zeiden ze allemaal
Dann hörte sie allein die Stimme des Kaninchens
Toen hoorde ze alleen de stem van het konijn
"Du an der Hecke, fang ihn!"
"Jij bij de heg, vang hem!"
Es trat wieder ein Augenblick des Schweigens ein
Er was weer een moment van stilte
Und dann gab es wieder ein Stimmengewirr
En toen was er weer een spraakverwarring
"Halt seinen Kopf hoch, Brandy"
"Houd zijn hoofd omhoog, Brandy"
"Pass auf, dass du ihn nicht würgst"
"Pas op dat je hem niet verstikt"
"Was ist mit dir passiert?"
"Wat is er met je gebeurd?"
Zuletzt kam eine kleine, schwache, quietschende Stimme
Als laatste kwam een kleine zwakke, piepende stem
"Nun, ich weiß es kaum mehr"

"Nou, meer weet ik bijna niet"
"Danke euch allen, mir geht es jetzt besser"
"Bedankt allemaal, ik ben nu beter"
"Es gibt eine Sache, an die ich mich erinnern kann"
"Er is één ding dat ik me kan herinneren"
"Irgendetwas kommt auf mich zu wie ein Zug im Tunnel"
"Er komt iets op me af als een trein in een tunnel"
"Und ich fliege hoch wie eine Rakete!"
"En ik vlieg als een raket omhoog!"
Es gab ein oder zwei Minuten des Schweigens
Er was een minuut of twee stilte
Und dann fingen sie wieder an, sich zu bewegen
En toen begonnen ze weer te bewegen
und Alice hörte das Kaninchen wieder sprechen
en Alice hoorde het Konijn weer praten
"Ein Karren voll reicht für den Anfang"
"Een kruiwagen vol is voldoende, om mee te beginnen"
"Einen Karren voll wovon?" dachte Alice
"Een kruiwagen vol van wat?" dacht Alice
Aber sie wurde nicht lange in Atem gehalten
Maar ze werd niet lang in spanning gehouden
Ein Regen von kleinen Kieselsteinen drang durch das Fenster
Een regen van kleine kiezelstenen kwam door het raam
und einige der kleinen Kieselsteine trafen sie im Gesicht
En sommige van de kleine kiezelstenen sloegen haar in het gezicht
Alice wunderte sich über die kleinen Kieselsteine
Alice was verbaasd over de kleine kiezelstenen
all die kleinen Kieselsteine verwandelten sich in Kuchen
Alle kleine kiezelsteentjes veranderden in cakes
und eine glänzende Idee kam ihr in den Kopf
En er kwam een lumineus idee in haar hoofd
"Einen von diesen Kuchen sollte ich essen"
"Ik zou een van deze taarten moeten eten"
"Der Kuchen wird sicher etwas an meiner Größe ändern"
"Cake zal zeker wat verandering in mijn maat teweegbrengen"

Also schluckte sie einen der Kuchen
Dus slikte ze een van de cakes door
und sie freute sich, als sie feststellte, dass sie anfing zu schrumpfen
En ze was verheugd te ontdekken dat ze begon te krimpen
Bald war sie klein genug, um durch die Tür zu kommen
Al snel was ze klein genoeg om door de deur te komen
Sie rannte aus dem Haus
Ze rende het huis uit
Draußen wartete eine Menge kleiner Tiere und Vögel
Een menigte kleine dieren en vogels wachtte buiten
alle kleinen Vögel und Tiere stürzten sich auf Alice
alle vogeltjes en beestjes stormden op Alice af
aber sie rannte davon, so schnell sie konnte
Maar ze rende zo snel als ze kon weg
und bald fand sie sich sicher in einem dichten Walde
En al snel bevond ze zich veilig in een dicht bos
Alice irrte im Walde umher
Alice zwierf rond in het bos
Und sie dachte bei sich:
En ze dacht bij zichzelf:
"Ich weiß, was ich zuerst zu tun habe"
"Ik weet wat ik eerst moet doen"
"erst muss ich wieder auf meine richtige Größe wachsen"
"Eerst moet ik weer naar mijn juiste maat groeien"
"Und dann muss ich den Weg in diesen schönen Garten finden"
"en dan moet ik mijn weg vinden naar die heerlijke tuin"
"Ich glaube, ich sollte irgendetwas essen oder trinken"
"Ik veronderstel dat ik het een of ander moet eten of drinken"
"Aber die Frage ist, was soll ich essen oder trinken?"
"Maar de vraag is: wat moet ik eten of drinken?"
Alice blickte sich um und betrachtete die Blumen
Alice keek om zich heen naar de bloemen
Und sie schaute durch die Grashalme hindurch
En ze keek door de grasprieten
aber sie konnte nichts zu essen und zu trinken sehen

Maar ze kon niets zien om te eten of te drinken
Nichts sah nach dem Richtigen zum Essen oder Trinken aus
Niets leek op het juiste om te eten of te drinken
In ihrer Nähe wuchs ein großer Pilz
Er groeide een grote paddenstoel bij haar in de buurt
der Pilz war ungefähr so groß wie Alice
de paddenstoel was ongeveer even hoog als Alice
Sie streckte sich auf den Zehenspitzen auf
Ze rekte zich op haar tenen uit
Und sie guckte über den Rand des Pilzes
En ze gluurde over de rand van de paddenstoel
Ihre Augen trafen sofort die Augen einer großen blauen Raupe
Haar ogen ontmoetten onmiddellijk de ogen van een grote blauwe rups
Die Raupe saß auf der Spitze des Pilzes
De rups zat op de top van de paddenstoel
und die Raupe hatte alle Arme gekreuzt
En de rups had al zijn armen over elkaar geslagen
Und er rauchte leise eine lange Wasserpfeife
En hij rookte stilletjes een lange waterpijp
und er nahm nicht die geringste Notiz von irgendetwas
En hij sloeg nergens de minste acht op
und er achtete gewiß nicht auf Alice
en hij schonk zeker geen aandacht aan Alice

Ratschläge von einer Raupe

Advies van een rups

Endlich nahm die Raupe die Shisha aus dem Maul
Eindelijk haalde de rups de waterpijp uit zijn bek
und er redete Alice mit einer trägen, schläfrigen Stimme an
en hij richtte zich tot Alice met een lome, slaperige stem
"Wer bist du?" fragte die Raupe
"Wie ben jij?" zei de rups

Alice antwortete etwas schüchtern: "Ich weiß es kaum, Sir."
Alice antwoordde, nogal verlegen: "Ik weet het nauwelijks,
meneer"
"Gerade im Moment ist alles ein bisschen..."
"Alleen op dit moment is het allemaal een beetje..."
**"Ich weiß, wer ich war, als ich heute Morgen aufgestanden
bin."**
"Ik weet wie ik was toen ik vanmorgen opstond""
**"aber ich glaube, ich muss mich seitdem mehrmals verändert
haben"**
"Maar ik denk dat ik sindsdien meerdere keren veranderd
moet zijn"

"Was meinst du damit?" sagte die Raupe
"Wat bedoel je daarmee?" zei de rups
Streng forderte die Raupe sie auf, sich zu erklären
Streng vroeg de rups haar om zich uit te leggen
»Ich kann mich nicht erklären, fürchte ich, Sir«, sagte Alice
"Ik kan mezelf niet verklaren, vrees ik, meneer," zei Alice
"weil ich nicht ich selbst bin"
"omdat ik mezelf niet ben"
"Du siehst, es ist sehr verwirrend, so viele verschiedene
Größen an einem Tag zu haben"
"Zie je, zoveel verschillende maten op een dag is erg
verwarrend"
Sie raffte sich auf und sagte sehr ernst:
Ze trok zich op en zei heel ernstig:
"Ich denke, du solltest mir zuerst sagen, wer du bist"
"Ik denk dat je me eerst moet vertellen wie je bent"
"Warum?" fragte die Raupe
"Waarom?" zei de rups
Alice fiel kein guter Grund ein
Alice kon geen goede reden bedenken
und die Raupe schien sich in einem sehr unangenehmen
Gemütszustand zu befinden
En de rups leek in een zeer onaangename gemoedstoestand te
verkeren
also wandte sie sich ab
Dus wendde ze zich af
"Komm zurück!" rief ihr die Raupe nach
"Kom terug!" riep de rups haar na
"Ich habe etwas Wichtiges zu sagen!"
"Ik heb iets belangrijks te zeggen!"
Alice drehte sich um und kam wieder zurück
Alice draaide zich om en kwam weer terug
"Behalte die Fassung!" sagte die Raupe
"Blijf geduld," zei de rups
»Ist das alles?« fragte Alice
"Is dat alles?" zei Alice
und sie schluckte ihren Zorn hinunter, so gut sie konnte

En ze slikte haar woede zo goed als ze kon

"Nein!" sagte die Raupe

"Nee," zei de rups

Die Raupe breitete ihre Arme aus

De rups ontvouwde zijn armen

Und er nahm die Shisha wieder aus dem Mund

En hij haalde de waterpijp weer uit zijn mond

Und er sagte: "Du glaubst also, du bist verändert, oder?"

en hij zei: "Dus je denkt dat je veranderd bent, nietwaar?"

»Ich fürchte, ich bin verändert, Sir,« sagte Alice

"Ik ben bang, ik ben veranderd, meneer," zei Alice

"Ich kann mich nicht mehr so an Dinge erinnern, wie ich sie früher in Erinnerung hatte"

"Ik kan me de dingen niet meer herinneren zoals ik ze me vroeger herinnerde"

"Und ich bleibe nicht länger als zehn Minuten gleich groß!"

"en ik blijf niet langer dan tien minuten even groot!"

"Wie groß willst du sein?" fragte die Raupe

"Welke maat wil je hebben?" vroeg de rups

»Oh, es ist mir nicht besonders wichtig, wie groß ich bin«, erwiderte Alice hastig

"Oh, het maakt me niet echt uit hoe groot ik ben," antwoordde Alice haastig

"Ich mag es einfach nicht, so oft die Größe zu wechseln, weißt du"

"Ik hou er gewoon niet van om zo vaak van maat te veranderen, weet je"

"Ich würde gerne etwas größer sein, Sir"

"Ik zou graag een beetje groter willen zijn, meneer"

»wenn es dir nichts ausmacht,« fügte Alice hinzu

'Als je het niet erg vindt,' voegde Alice eraan toe

"Zehn Zentimeter sind so eine erbärmliche Größe"

"Tien centimeter is zo'n ellendige hoogte om te zijn"

"Das ist wirklich eine sehr gute Höhe!" sagte die Raupe ärgerlich

"Het is inderdaad een heel goede hoogte!" zei de rups boos

und er richtete sich auf, während er sprach

en hij richtte zich op terwijl hij sprak
Er war genau zehn Zentimeter groß
Hij was precies tien centimeter lang
In ein oder zwei Minuten war die Raupe vom Pilz heruntergekommen
Binnen een minuut of twee kwam de rups van de paddenstoel af
und er kroch ins Gras
En hij kroop weg in het gras
Als er sich entfernte, machte er einige kleine Bemerkungen
Toen hij wegging, maakte hij enkele kleine opmerkingen
"Eine Seite lässt dich größer werden"
"Aan de ene kant word je groter"
"Und die andere Seite wird dich kleiner werden lassen"
"En de andere kant zal je korter laten groeien"
"Eine Seite wovon?" dachte Alice bei sich
"Eén kant van wat?" dacht Alice bij zichzelf
"Die andere Seite von was?"
"De andere kant van wat?"
"Die Seite des Pilzes!" sagte die Raupe
"De zijkant van de paddenstoel," zei de rups
Es war, als hätte sie ihre Frage laut gestellt
Het was alsof ze haar vraag hardop had gesteld
und im nächsten Augenblick war er außer Sichtweite
En in een ander moment was hij uit het zicht
Alice blieb stehen und betrachtete den Pilz nachdenklich
Alice bleef peinzend naar de paddenstoel kijken
Sie versuchte herauszufinden, welche die beiden Seiten des Pilzes waren
Ze probeerde erachter te komen welke de twee kanten van de paddenstoel waren
Endlich streckte sie ihre Arme um den Pilz
Eindelijk strekte ze haar armen om de paddenstoel
und sie brach ein Stück der Ränder ab
En ze brak een stukje van de randen af
»Und nun, welche Seite ist welche?« fragte sie sich
"En nu, welke kant is wat?" zei ze tegen zichzelf

und sie knabberte ein wenig von dem Stück der rechten Hand

En ze knabbelde een beetje van het rechterdeel

Im nächsten Augenblick spürte sie einen heftigen Schlag unter ihrem Kinn

Het volgende moment voelde ze een hevige klap onder haar kin

Ihr Kinn hatte ihren Fuß getroffen!

Haar kin had haar voet geraakt!

Sie war sehr erschrocken über diese sehr plötzliche Veränderung

Ze schrok behoorlijk van deze zeer plotselinge verandering

Sie schrumpfte sehr schnell

Ze kromp heel snel

Also aß sie schnell etwas von dem anderen Stück Pilz

Dus at ze snel wat van het andere stukje paddenstoel

Ihr Kinn war sehr eng gegen ihren Fuß gepresst

Haar kin werd heel dicht tegen haar voet gedrukt

Es war kaum Platz, um den Mund aufzumachen

Er was nauwelijks ruimte om haar mond open te doen

aber schließlich gelang es ihr, den Mund aufzumachen

Maar het lukte haar eindelijk om haar mond open te doen

und sie schluckte einen Bissen von dem linken Stück

En ze slikte een hap van het linker bit door

»mein Kopf ist endlich frei!« sagte Alice

"mijn hoofd is eindelijk vrij!" zei Alice

Sie blickte an sich herunter

Ze keek naar zichzelf

aber alles, was sie sehen konnte, war ein ungeheurer Hals

Maar het enige wat ze kon zien was een immense lengte van de nek

Ihr Hals schien sich wie ein Stiel zu erheben

Haar nek leek als een stengel omhoog te komen

Und sie blickte auf ein Meer von grünen Blättern hinab

En ze keek neer over een zee van groene bladeren

"Wo sind meine Schultern geblieben?"

"Waar zijn mijn schouders gebleven?"

»Und ach, meine armen Hände, wie kommt es, daß ich euch nicht sehen kann?«

"En o, mijn arme handen, hoe komt het dat ik je niet kan zien?"

Aber ihr Hals hatte einen Vorteil

Maar haar nek had wel één voordeel

Sie konnte ihren Kopf in jede Richtung bewegen

Ze kon haar hoofd in elke richting bewegen

Tatsächlich war sie wie eine Schlange

In feite was ze net een slang

Sie senkte anmutig ihren Kopf im Zickzack

Ze zigzagde gracieus met haar hoofd naar beneden

Und sie bewegte ihren Kopf durch die Bäume

En ze bewoog haar hoofd door de bomen

Aber dann hörte sie ein scharfes Zischen

Maar toen hoorde ze een scherp gesis

Und sie zog schnell den Kopf zurück

En ze trok snel haar hoofd terug

Eine große Taube war ihr ins Gesicht geflogen

Er was een grote duif in haar gezicht gevlogen

und die Taube fuhr mit den Flügeln heftig zusammen

en de duif was gewelddadig met zijn vleugels

»Schlange!« rief die Taube

"Slang!" riep de duif

"Ich bin keine Schlange!" sagte Alice entrüstet

"Ik ben geen slang!" zei Alice verontwaardigd

"Laß mich in Ruhe!"

"Laat me met rust!"

"Ich habe die Wurzeln von Bäumen ausprobiert"

"Ik heb de wortels van bomen geprobeerd"

"Und ich habe es mit Hecken versucht", fuhr die Taube fort

"En ik heb heggen geprobeerd," ging de duif verder

»Aber diese Schlangen! Man kann es ihnen nicht recht machen!"

"Maar die slangen! Er is geen sprake van het behagen van hen!"

Alice war immer verwirrter

Alice raakte steeds meer in verwarring

"Als ob es nicht schon Mühe genug wäre, die Eier auszubrüten!" sagte die Taube

"Alsof het nog niet lastig genoeg was om de eieren uit te broeden", zei de duif

"Tag und Nacht muss ich mich auch vor Schlangen in Acht nehmen!"

"Bij nacht en dag moet ik ook uitkijken voor slangen!"

"Ich hatte gerade den höchsten Baum im Wald gefunden"

"Ik had net de hoogste boom in het bos gevonden"

"Wäre ich hier sicher frei von Schlangen?"

"Ik zou hier toch zeker vrij zijn van slangen?"

"Und heraus kommt eine Schlange vom Himmel!"

"En er komt een slang uit de hemel!"

"Aber ich bin keine Schlange, sage ich dir!" sagte Alice

"Maar ik ben geen slang, dat zeg ik je!" zei Alice

"Ich bin ein... Ich bin ein... Ich bin ein kleines Mädchen«, fügte sie etwas zweifelnd hinzu

"Ik ben een... Ik ben een... Ik ben een klein meisje," voegde ze er nogal twijfelend aan toe

Schließlich hatte sie viele Veränderungen durchgemacht

Ze had immers veel veranderingen doorgemaakt

"Du suchst Eier!" sagte die Taube

"Je bent op zoek naar eieren," zei de duif

"Das weiß ich mit Sicherheit"

"Dat weet ik zeker"

"Und was macht es aus, ob du ein kleines Mädchen oder eine Schlange bist?"

"En wat maakt het uit of je een klein meisje of een slang bent?"

»Es liegt mir sehr viel daran,« sagte Alice hastig

'Het maakt me veel uit,' zei Alice haastig

"Aber ich bin nicht auf der Suche nach Eiern, wie es der Zufall will"

"Maar ik ben niet op zoek naar eieren, want het gebeurt"

"Und ich würde deine Eier sowieso nicht wollen"

"en ik zou je eieren toch niet willen"

"Ich mag meine Eier nicht roh"

"Ik hou niet van mijn eieren rauw"

»Nun, dann fort!« sagte die Taube in mürrischem Tone

"Nou, wegwezen dan!" zei de duif op een norse toon

und die Taube ließ sich wieder in ihrem Nest nieder

En de duif nestelde zich weer in zijn nest

Alice kauerte sich zwischen die Bäume, so gut sie konnte

Alice hurkte zo goed als ze kon neer tussen de bomen

Ihr Hals verfing sich immer wieder zwischen den Ästen

Haar nek raakte steeds verstrikt tussen de takken

Hin und wieder musste sie anhalten und ihren Hals aufdrehen

Af en toe moest ze stoppen en haar nek losdraaien

Nach einer Weile erinnerte sie sich an den Pilz

Na een tijdje herinnerde ze zich de paddenstoel

Sie hielt die Pilzstücke noch immer in ihren Händen

Ze had de stukjes paddenstoel nog steeds in haar handen

Und sie machte sich sehr vorsichtig an die Arbeit

En ze ging heel voorzichtig aan de slag

Zuerst knabberte sie an einem Stück

Eerst knabbelde ze aan een stuk

Und dann knabberte sie an dem anderen Stück

En toen knabbelde ze aan het andere stuk

Manchmal wurde sie größer
Soms werd ze groter
und manchmal wurde sie kleiner
En soms werd ze korter
Aber schließlich erreichte sie ihre übliche Größe
Maar uiteindelijk bereikte ze haar gebruikelijke lengte
Sie war schon seit einiger Zeit nicht mehr so groß wie sie selbst
Ze was al een tijdje niet meer zo lang als ze was
So fühlte sich alles eine Zeit lang seltsam an
Dus alles voelde een tijdje vreemd
"Das nächste, was zu tun ist, ist, in diesen schönen Garten zu gehen"
"Het volgende wat je moet doen is die prachtige tuin ingaan"
»wie soll man das machen?«
"Hoe moet dat worden gedaan, vraag ik me af?"
Während sie dies sagte, stieß sie auf einen offenen Platz
Terwijl ze dit zei, kwam ze op een open plek
Da war ein kleines Haus, etwas höher als einen Meter
Er was een klein huisje, iets hoger dan een meter
"Ich frage mich, wer in diesem kleinen Haus wohnt"
"Ik vraag me af wie er in dit huisje woont"
"So groß wie ich bin, kann ich sicher nicht reingehen"
"Ik kan er zeker niet zo groot in gaan als ik ben"
"Ich würde sie fürchterlich erschrecken!"
"Ik zou ze vreselijk bang maken!"
Also knabberte sie wieder an dem kleinen Pilz
Dus knabbelde ze weer aan de kleine paddenstoel
Und bald brachte sie sich dreißig Zentimeter tief
En al snel bracht ze zichzelf dertig centimeter naar beneden

Ein Schwein und etwas Pfeffer

Een varken en wat peper

Ein oder zwei Minuten lang stand sie da und betrachtete das Haus

Een minuut of twee stond ze naar het huis te kijken

Plötzlich kam ein Lakai aus dem Walde gerannt

Plotseling kwam er een lakei uit het bos rennen

Er trug eine spezielle Livree-Uniform

Hij droeg een speciaal livrei-uniform

Seinem Gesicht nach zu urteilen, hätte sie ihn einen Fisch genannt

Alleen al aan zijn gezicht te zien, zou ze hem een vis hebben genoemd

und er klopfte laut mit den Fingerknöcheln an die Tür

En hij klopte luid met zijn knokkels op de deur

Die Tür wurde von einem anderen Lakaien geöffnet

De deur werd geopend door een andere lakei

Auch dieser Lakai trug eine besondere Livree

Ook deze lakei droeg een speciale livrei

Dieser Lakai hatte ein rundes Gesicht und große Augen wie ein Frosch

Deze lakei had een rond gezicht en grote ogen als een kikker

**Der Lakai, der wie ein Fisch aussah, leitete die Zeremonie
ein**
De lakei die eruitzag als een vis leidde de ceremonie in
Er zog etwas unter seinem Arm hervor
Hij haalde iets onder zijn arm vandaan
Und er zog unter seinem Arm einen Umschlag hervor
En hij haalde een envelop onder zijn arm vandaan
und diesen Umschlag übergab er dem andern Lakaien
En deze envelop overhandigde hij aan de andere lakei
In zeremoniellem Tone teilte er ihm die Befehle mit
Op ceremoniële toon vertelde hij hem de orders
"Diese Botschaft ist für die Herzogin"
"Dit bericht is voor de hertogin"
"Eine Einladung der Königin zum Krocketspielen"
"Een uitnodiging van de koningin om croquet te spelen"
**Der Lakai, der wie ein Frosch aussah, wiederholte den
Befehl**
De lakei die op een kikker leek, herhaalde het bevel
"Von der Königin"
"Van de koningin"
"Eine Einladung"
"Een uitnodiging"
"für die Herzogin"
"voor de hertogin"
"Krocket spielen"
"croquet spelen"
Dann verbeugten sie sich beide tief
Toen bogen ze allebei diep
**und die Locken in ihren Perücken verwickelten sich
ineinander**
En de krullen in hun pruiken raakten in elkaar verstrengeld
Bald war der Lakai, der wie ein Fisch aussah, verschwunden
Al snel was de lakei die op een vis leek verdwenen
**Aber der Lakai, der wie ein Frosch aussah, war immer noch
da**
Maar de lakei die op een kikker leek, was er nog steeds
Er saß auf dem Boden in der Nähe der Tür

Hij zat op de grond bij de deur
Er starrte dumm in den Himmel
Hij staarde stom naar de lucht
Alice ging schüchtern zur Tür und klopfte
Alice liep schuchter naar de deur en klopte aan
»Es hat keinen Zweck, anzuklopfen,« sagte der Lakai
"Het heeft geen zin om te kloppen", zei de lakei
"Und das aus zwei Gründen"
"En dat heeft twee redenen"
"Erstens, weil ich auf der gleichen Seite der Tür stehe wie du"
"Ten eerste omdat ik aan dezelfde kant van de deur sta als jij"
"Zweitens, weil sie drinnen so viel Lärm machen"
"Ten tweede omdat ze binnen zoveel lawaai maken"
"Niemand könnte dich hören"
"Niemand kan je horen"
Und es war gewiß ein höchst merkwürdiger Lärm im Innern
En er was zeker een heel buitengewoon lawaai gaande binnenin
ein ständiges Heulen und Niesen
een constant gehuil en niezen
und ab und zu ein Geräusch von großem Krachen
en zo nu en dan een geluid van geweldig geknal
als ob eine Schüssel oder ein Wasserkocher in Stücke zerbrochen wäre
Alsof een schotel of ketel in stukken is gebroken
"Wie soll ich da reinkommen?" fragte Alice
"Hoe moet ik binnenkomen?" vroeg Alice
»Wollen Sie überhaupt hineinkommen?« fragte der Lakai
"Moet je er überhaupt in?" zei de lakei
"Das ist die erste Frage, weißt du"
"Dat is de eerste vraag, weet je"
Alice öffnete die Tür und trat ein
Alice opende de deur en ging naar binnen
Die Tür führte direkt in eine große Küche
De deur leidde rechtstreeks naar een grote keuken
Die Küche war von einem Ende bis zum anderen voller

Rauch
De keuken stond van het ene uiteinde tot het andere vol rook
in der Mitte der Küche saß die Herzogin
in het midden van de keuken stond de hertogin
Sie saß auf einem dreibeinigen Hocker
Ze zat op een krukje met drie poten
und sie stillte ein Baby
En ze was een baby aan het voeden
Die Köchin beugte sich über das Feuer
De kok leunde over het vuur
Er rührte einen großen Kessel
Hij was een grote ketel aan het roeren
und der Kessel schien mit Suppe gefüllt zu sein
En de ketel leek vol soep te zitten
"Da ist sicher zu viel Pfeffer drin!" sagte Alice zu sich selbst
"Er zit zeker te veel peper in die soep!" Zei Alice tegen zichzelf
Sie sagte es, so gut sie konnte, ohne zu niesen
Ze zei het zo goed als ze kon zonder te niezen
Sogar die Herzogin nieste gelegentlich
Zelfs de hertogin niesde af en toe
Aber die Handlungen des Babys waren am bemerkenswertesten
Maar de acties van de baby waren het meest opmerkelijk
Das Baby nieste und heulte abwechselnd
De baby niestte en huilde afwisselend
Es gab keinen Augenblick Pause zwischen Heulen und Niesen
Er was geen moment pauze tussen huilen en niezen
Es gab zwei Kreaturen in der Küche, die nicht niesten
Er waren twee wezens in de keuken die niet niezen
Die Köchin war zu beschäftigt, um zu niesen
De kok had het te druk om te niezen
Und die große Katze schien sich nicht an dem Pfeffer zu stören
En de grote kat leek de peper niet erg te vinden
Stattdessen grinste die große Katze von einem Ohr zum anderen

In plaats daarvan grijnsde de grote kat van oor tot oor
**»Bitte, würdest du es mir sagen,« sagte Alice ein wenig
schüchtern**
'Zou je het me alsjeblieft willen vertellen,' zei Alice een beetje
verlegen
"Warum grinst deine Katze so?"
"Waarom grijnst je kat zo?"
»Es ist eine Cheshire-Katze,« sagte die Herzogin
"Het is een Cheshire-Cat," zei de hertogin
"Und deshalb grinst er von Ohr zu Ohr"
"En daarom grijnst hij van oor tot oor"
"Ich wusste nicht, dass eine Cheshire-Katze immer grinst"
"Ik wist niet dat een Cheshire-Cat altijd grijnsde"
**"Eigentlich wusste ich nicht, dass Katzen grinsen können",
sagte Alice**
"Ik wist eigenlijk niet dat katten konden grijnzen", zei Alice
»Es gibt vieles, was Sie nicht wissen,« sagte die Herzogin
"Er is veel dat je niet weet," zei de hertogin
**"Es gibt vieles, was man nicht weiß, und das ist eine
Tatsache"**
"Er is veel dat je niet weet en dat is een feit"
**In diesem Augenblick nahm die Köchin den Kessel mit der
Suppe vom Feuer**
Juist op dat moment haalde de kok de ketel soep van het vuur
Und sogleich fing sie an, alles in ihre Reichweite zu werfen
En meteen begon ze alles binnen haar bereik te gooien
**sie warf alles, was sie konnte, auf die Herzogin und das
Baby**
ze gooide alles wat ze kon naar de hertogin en de baby
Zuerst warf sie die Feuereisen
Eerst gooide ze de vuurijzers
Dann warf sie eine Handvoll Töpfe
Toen gooide ze een handvol pannen
und schließlich warf sie die Teller und Schüsseln
En uiteindelijk gooide ze de borden en borden
Die Herzogin nahm keine Notiz von ihr
De hertogin sloeg geen acht op haar

Selbst als sie von einem Teller getroffen wurde, machte sie sich keine Sorgen

Zelfs als ze door een plaat werd geraakt, maakte ze zich geen zorgen

Das Baby heulte schon so viel

De baby huilde al zo veel

Es war also unmöglich zu sagen, ob die Schläge das Baby verletzt haben oder nicht

Het was dus onmogelijk om te zeggen of de slagen de baby pijn deden of niet

"Oh, gib bitte acht, was du tust!" rief Alice

"Oh, let alsjeblieft op wat je doet!" riep Alice

und sie sprang in Todesangst des Entsetzens auf und ab

En ze sprong op en neer in een doodsangst

die Herzogin bot Alice das Baby an

de hertogin bood Alice de baby aan

»Hier! Du kannst das Kind ein wenig stillen, wenn du willst!«

"Hier! Je mag de baby een beetje voeden, als je wilt!"

Und sie schleuderte das Kind nach ihr, während sie sprach

En ze gooide de baby naar haar terwijl ze sprak

"Ich muss gehen und mich darauf vorbereiten, mit der Königin Krocket zu spielen"

"Ik moet me klaarmaken om croquet te spelen met de koningin"

und sie eilte aus dem Zimmer

En ze haastte zich de kamer uit

Alice fing das Baby mit einiger Mühe auf

Alice ving de baby met enige moeite op

weil es ein sehr seltsam geformtes kleines Wesen war

Omdat het een heel vreemd gevormd wezentje was

Und das Kind streckte seine Arme und Beine nach allen Richtungen aus

En de baby stak zijn armen en benen in alle richtingen uit

"Das Kind nehme ich lieber mit!" dachte Alice

"Ik kan dit kind maar beter meenemen", dacht Alice

"Sie werden dieses Baby sicher in ein oder zwei Tagen

töten"
"Ze zijn er zeker van dat ze deze baby binnen een dag of twee zullen doden"
"Wäre es nicht Mord, dieses Baby zurückzulassen?"
"Zou het geen moord zijn om deze baby achter te laten?"
Sie sprach die letzten Worte laut aus
Ze sprak de laatste woorden hardop uit
Und das kleine Ding grunzte als Antwort
En het kleine ding gromde als antwoord
"Du verwandelst dich am besten nicht in ein Schwein, meine Liebe!" sagte Alice
"Je kunt maar beter niet in een varken veranderen, mijn liefste," zei Alice
"sonst habe ich nichts mehr mit dir zu tun"
"of anders wil ik niets meer met je te maken hebben"
Alice fing eben an, bei sich selbst zu denken:
Alice begon net bij zichzelf te denken:
»Nun, was soll ich mit diesem Geschöpf anfangen, wenn ich es nach Hause bringe?«
"Nu, wat moet ik met dit schepsel doen, als ik het thuis krijg?"
Aber dann grunzte das kleine Geschöpf ein wenig heftig
Maar toen gromde het beestje een beetje heftig
und Alice sah ihm erschrocken ins Gesicht
en Alice keek verschrikt naar zijn gezicht
Diesmal konnte es keinen Irrtum geben
Deze keer kon er geen misverstand over bestaan
Es war nicht mehr und nicht weniger als ein Schwein
Het was niet meer of minder dan een varken
Da setzte sie das kleine Geschöpf ab
Dus zette ze het kleine beestje neer
und das kleine Geschöpf trabte leise in den Wald hinein
En het beestje draafde rustig het bos in
Alice war ziemlich erleichtert, als sie die Kreatur verschwinden sah
Alice voelde zich behoorlijk opgelucht toen ze het wezen zag gaan
Alice erschrak ein wenig, als sie die Cheshire-Katze sah

Alice schrok een beetje toen ze de Cheshire-Cat zag
Er saß auf einem Ast eines Baumes, ein paar Meter entfernt
Het zat op een tak van een boom een paar meter verderop
Die Katze grinste nur, als sie sie sah
De kat grijnsde alleen maar toen hij haar zag
»Cheshire-Katze,« begann Alice etwas schüchtern
'Cheshire-kat,' begon Alice nogal verlegen
»Würden Sie mir bitte sagen, welchen Weg ich von hier aus einschlagen soll?«
"Zou je me alsjeblieft willen vertellen welke kant ik vanaf hier op moet?"
"In diese Richtung", sagte die Katze
"In die richting," zei de kat
Und er fuchtelte mit der rechten Pfote herum
En hij zwaaide met de rechterpoot in het rond
"In dieser Richtung lebt ein Hutmacher"
"In die richting woont een hoedenmaker"
Und dann winkte die Katze mit der anderen Pfote
En toen zwaaide de kat met zijn andere poot
"Und in dieser Richtung wohnt ein Märzhase"
"En in die richting woont een marshaas"
»Besuchen Sie, wen Sie wollen; Sie sind beide verrückt"
"Bezoek wat je wilt; ze zijn allebei gek"
»Aber ich will nicht unter Verrückte gehen«, bemerkte Alice
'Maar ik wil niet onder gekke mensen gaan,' merkte Alice op
"Ach, dafür kannst du nicht helfen!" sagte die Katze
"Oh, daar kun je niets aan doen," zei de Kat
"Wir sind alle verrückt hier"
"We zijn hier allemaal gek"
"Spielst du heute Krocket mit der Queen?"
"Speel je vandaag croquet met de koningin?"
"Das würde ich sehr gerne!" sagte Alice
"Dat zou ik heel graag willen", zei Alice
"aber ich bin noch nicht eingeladen worden"
"Maar ik ben nog niet uitgenodigd"
"Du wirst mich dort sehen!" sagte die Katze
"Je zult me daar zien," zei de Kat

**Und von einem Augenblick auf den anderen verschwand
die Katze**
En van het ene op het andere moment verdween de kat
bald kam Alice in Sichtweite des Hauses des Märzhasen
al snel kreeg Alice het huis van de marshaas in het zicht
Das war ein sehr großes Haus
Dit was een zeer groot huis
Alice wollte also nicht in die Nähe des Hauses gehen
dus Alice wilde niet in de buurt van het huis komen
**Zuerst musste sie noch etwas von dem linken Stück Pilz
knabbern**
Eerst moest ze nog wat van het linker stukje paddenstoel
knabbelen

Eine verrückte Teeparty
Een waanzinnig theekransje

Vor dem Haus stand ein Baum
Voor het huis stond een boom
Und unter dem Baum stand ein Tisch
En onder de boom stond een tafel
und der Tisch war mit allerlei Besteck gedeckt
En de tafel was gedekt met allerlei bestek
Der Märzhase und der Hutmacher saßen bei Tisch
De Mars Haas en de Hoedenmaker zaten aan tafel
und zusammen tranken sie Tee
En samen zaten ze thee te drinken
Ein Siebenschläfer saß zwischen ihnen
Een slaapmuis zat tussen hen in
und der Siebenschläfer schlief fest
En de slaapmuis was diep in slaap
Der Tisch war von außergewöhnlicher Größe
De tafel was van buitengewone grootte
Aber der größte Teil des Tisches war unbesetzt
Maar het grootste deel van de tafel was onbezet
Sie saßen dicht gedrängt an einer Ecke des Tisches
Ze zaten dicht op elkaar in een hoek van de tafel
und doch entschuldigten sie sich, als sie Alice sahen
en toch verontschuldigden ze zich toen ze Alice zagen
»Kein Platz! Kein Platz!« schrien sie
"Geen ruimte! Geen plaats!" riepen ze uit
»Es ist viel Platz!« sagte Alice entrüstet
"Er is ruimte genoeg!" zei Alice verontwaardigd
An einem Ende des Tisches stand ein großer Sessel
Aan het ene uiteinde van de tafel stond een grote leunstoel
und Alice setzte sich in den Sessel
en Alice ging in de leunstoel zitten
Der Hutmacher riss die Augen weit auf
De hoedenmaker sperde zijn ogen wijd open
Er konnte nicht glauben, was er da sah
Hij kon niet geloven wat hij zag
aber sein Geist war neugierig auf andere Dinge

Maar zijn geest was nieuwsgierig naar andere dingen

»Warum ist ein Rabe wie ein Schreibtisch?«

"Waarom is een raaf als een schrijftafel?"

Alice war offen für die Herausforderung

Alice stond open voor de uitdaging

"Ich bin froh, dass sie angefangen haben, Rätsel zu stellen"

"Ik ben blij dat ze raadsels zijn gaan stellen"

»Ich glaube, das kann ich erraten«, fügte sie laut hinzu

'Ik geloof dat ik dat wel kan raden,' voegde ze er hardop aan toe

Der Märzhase wurde neugierig auf Alice

De marshaas werd nieuwsgierig naar Alice

"Glaubst du wirklich, dass du die Antwort finden kannst?"

"Denk je echt dat je het antwoord kunt vinden?"

»Ich glaube, ich kann die Antwort finden,« sagte Alice

"Ik denk dat ik het antwoord inderdaad kan vinden", zei Alice

»Dann sollst du sagen, was du meinst,« fuhr der Märzhase fort

"Dan moet je zeggen wat je bedoelt," ging de marshaas verder

»Ich sage, was ich meine,« erwiderte Alice hastig

'Ik zeg wel wat ik bedoel,' antwoordde Alice haastig

"Zumindest meine ich ernst, was ich sage"

"Ik meen tenminste wat ik zeg"

"Das ist dasselbe, weißt du"

"Dat is hetzelfde, weet je"

Auch der Siebenschläfer trug zu dem Gespräch bei

Ook de Zevenslaper droeg bij aan het gesprek

Aber der Siebenschläfer schien im Schlaf zu sprechen

Maar de slaapmuis leek in zijn slaap te praten

"Ich atme, wenn ich schlafe"

"Ik adem als ik slaap"

"Ich schlafe, wenn ich atme!"

"Ik slaap als ik adem!"

"Man könnte genauso gut sagen, dass sie auch gleich sind"

"Je kunt net zo goed zeggen dat ze ook hetzelfde zijn"

"So ist es auch bei dir!" sagte der Hutmacher

"Met jou is het net zo," zei de hoedenmaker

und er goß ein wenig Tee über die Nase des Siebenschläfers
En hij goot een beetje thee op de neus van de slaapmuis
Das Murmelthier schüttelte ungeduldig den Kopf
De Zevenslaper schudde ongeduldig zijn hoofd
Und wieder sprach das Murmelmaus, ohne die Augen zu öffnen
En weer sprak de slaapmuis, zonder zijn ogen te openen
"Natürlich, natürlich ist es dasselbe"
"Natuurlijk, natuurlijk is het hetzelfde"
"Das wollte ich ja auch sagen"
"Dat is gewoon wat ik zelf wilde zeggen"

Der Hutmacher wandte sich an Alice und stellte eine weitere Frage
De hoedenmaker wendde zich tot Alice en stelde nog een vraag
"Hast du das Rätsel schon erraten?"
"Heb je het raadsel al geraden?"
"Nein, ich gebe auf", gab Alice zu
'Nee, ik geef het op,' gaf Alice toe
"Was ist die Antwort?", wollte sie wissen
"Wat is het antwoord?" wilde ze weten
»Ich habe nicht die geringste Ahnung,« sagte der Hutmacher
"Ik heb geen flauw idee", zei de hoedenmaker
"Ich weiß es auch nicht!" sagte der Märzhase
"Ik weet het ook niet," zei de marshaas

Alice stieß einen müden Seufzer aus
Alice slaakte een vermoeide zucht
"Es gibt eine bessere Nutzung der Zeit als Rätsel ohne Antworten"
"Er zijn betere toepassingen van tijd dan raadsels zonder antwoorden"
»Trinken Sie noch etwas Tee,« sagte der Märzhase sehr ernst zu Alice
"Neem nog wat thee," zei de marshaas heel serieus tegen Alice
Alice war ziemlich beleidigt über das Angebot
Alice was behoorlijk beledigd door het aanbod
»Ich habe noch keinen Tee getrunken,« erwiderte Alice
"Ik heb nog geen thee gehad," antwoordde Alice
"Deshalb kann ich keinen Tee mehr trinken"
"Daarom kan ik geen thee meer hebben"
»Du meinst, weniger Tee kannst du nicht haben«, sagte der Hutmacher
"Je bedoelt dat je niet minder thee kunt hebben", zei de hoedenmaker
"Es ist sehr einfach, mehr als nichts zu nehmen"
"Het is heel gemakkelijk om meer dan niets te nemen"
Bei diesen Worten erhob sich Alice und ging fort
Hierop stond Alice op en liep weg
Der Siebenschläfer schlief augenblicklich ein
De slaapmuis viel meteen in slaap
und keiner der andern nahm die geringste Notiz davon, daß sie ging
en geen van de anderen sloeg ook maar de minste aandacht aan haar gaan
obwohl sie ein- oder zweimal zurückblickte
hoewel ze een of twee keer omkeek
Sie versuchten, den Siebenschläfer in die Teekanne zu stecken
Ze probeerden de slaapmuis in de theepot te doen
"Jedenfalls werde ich nie wieder dorthin gehen!" sagte Alice
"Daar ga ik in ieder geval nooit meer heen!" zei Alice
Und sie ging ihren Weg durch den Wald

En ze liep haar weg door het bos
"Das war die dümmste Teeparty, auf der ich je war"
"Dat was het stomste theekransje waar ik ooit ben geweest"
Gerade als sie das sagte, bemerkte sie etwas
Net toen ze dit zei, merkte ze iets op
Einer der Bäume hatte eine Tür, die direkt hineinführte
Een van de bomen had een deur die er recht op uitliep
»Das ist sehr interessant!« dachte sie
"Dat is heel interessant!" dacht ze
"Ich denke, ich kann genauso gut durch die Tür gehen"
"Ik denk dat ik net zo goed door de deur kan gaan"
Und durch die Tür ging sie
En door de deur ging ze
Wieder befand sie sich in der langen Halle
Opnieuw bevond ze zich in de lange hal
Wieder stand sie dicht an dem kleinen Glastisch
Weer stond ze dicht bij het glazen tafeltje
Sie nahm den kleinen goldenen Schlüssel
Ze nam het gouden sleuteltje
und sie schloß die Tür auf, die in den Garten führte
En ze ontgrendelde de deur die naar de tuin leidde
Dann machte sie sich daran, an dem Pilz zu knabbern
Daarna ging ze aan de slag om aan de paddenstoel te
knabbelen
Sie hatte ein Stück des Pilzes in ihrer Tasche aufbewahrt
Ze had een stukje van de paddenstoel in haar zak
Und schließlich war sie etwa einen Meter groß
En uiteindelijk was ze ongeveer een meter lang
dann ging sie den kleinen Korridor hinunter
Toen liep ze door het gangetje
**Und dann fand sie sich endlich in dem schönen Garten
wieder**
En toen bevond ze zich eindelijk in de prachtige tuin
**Und sie war zwischen den hellen Blumen und den kühlen
Springbrunnen**
En zij was te midden van de heldere bloem en de koele
fonteinen

Der Krocketplatz der Königinnen
De croquetgrond van de koningin

Ein großer Rosenstrauch stand in der Nähe des Eingangs des Gartens

Een grote rozenboom stond bij de ingang van de tuin

Die Rosen, die an dem Baum wuchsen, waren weiß

De rozen die aan de boom groeiden waren wit

aber es waren drei Gärtner, die die Rose bemalten

Maar er waren drie tuinmannen die de roos schilderden

Sie waren damit beschäftigt, die Rosen rot zu färben

Ze waren druk bezig de rozen rood te verven

und Alice sah zu, wie sie die Rosen rot färbten

en Alice keek toe hoe ze de rozen rood verfden

und plötzlich fielen ihre Augen zufällig auf Alice

en plotseling viel hun oog toevallig op Alice

Alice sprach ein wenig schüchtern

Alice sprak een beetje verlegen

»Würden Sie es mir bitte sagen?«

"Zou je het me alsjeblieft willen vertellen;"

"Warum malt ihr alle diese Rosen?"

"Waarom schilderen jullie allemaal de rozen?"

Fünf und Sieben sagten nichts, sondern sahen zwei an

Vijf en zeven zeiden niets, maar keken naar twee

zwei Sprecher, mit leiser Stimme

Twee spraken, met een zachte stem

»Nun, die Sache ist die, sehen Sie, gnädige Frau.«

"Wel, het is een feit, ziet u, mevrouw"

"Das hier hätte ein roter Rosenstrauch sein sollen"

"Dit hier had een rode rozenboom moeten zijn"

"Und wir haben aus Versehen einen weißen Rosenstrauch hineingesetzt"

"En we hebben er per ongeluk een witte rozenboom in gezet"

"Wie Sie mir zustimmen würden, darf die Königin es nicht herausfinden"

"Zoals u het ermee eens bent, mag de koningin er niet achter komen"

"Sonst würden wir uns allen die Köpfe abschneiden"

"Anders zouden we allemaal onze hoofden afgehakt hebben"
"Sie sehen also, gnädige Frau, wir tun unser Bestes"
"Zo ziet u maar, mevrouw, we doen ons best"
Karte fünf hatte ängstlich über den Garten geschaut
Kaart vijf had angstig over de tuin gekeken
**In diesem Augenblick rief die fünfte Karte: "Die Königin!
Die Königin!"**
Op dat moment riep kaart vijf: "De koningin! De koningin!"
und die drei Gärtner eilten augenblicklich davon
En de drie tuinmannen haastten zich meteen weg
und sie warfen sich flach auf ihre Gesichter
en zij wierpen zich plat op hun gezicht
Man hörte das Geräusch vieler Schritte
Er was een geluid van vele voetstappen
Alice sah sich um, begierig darauf, die Königin zu sehen
Alice keek om zich heen, verlangend om de koningin te zien
Am Anfang des Zuges standen zehn Soldaten
Aan het begin van de stoet stonden tien soldaten
Ihre Hände und Füße waren in den Ecken
Hun handen en voeten stonden in de hoeken
und in ihren Händen und Füßen waren Keulen
en in hun handen en voeten waren knuppels
Als nächstes kamen die zehn Höflinge
Vervolgens kwamen de tien hovelingen
**die Höflinge waren über und über mit Diamanten
geschmückt**
De hovelingen waren overal versierd met diamanten
Nach den Höflingen kamen die königlichen Kinder
Na de hovelingen kwamen de koninklijke kinderen
Es waren zehn der königlichen Kinder
Er waren tien van de koninklijke kinderen
und alle königlichen Kinder waren mit Herzen geschmückt
en alle koninklijke kinderen waren met harten getooid
Dann kamen die Gäste; Meist Könige und Königinnen
Vervolgens kwamen de gasten; meestal koningen en
koninginnen
und unter den Königen und Königinnen sah Alice jemanden

en onder de koningen en koningin Alice zag iemand

Sie sah wieder das weiße Kaninchen, das sie gejagt hatte

Ze zag weer het witte konijn dat ze had achtervolgd

Der Prozession folgte der Spitzbube der Herzen

De stoet werd gevolgd door de hartenknecht

Er trug die Krone des Königs

Hij droeg de kroon van de koning

und die Krone des Königs lag auf einem purpurnen Samtkissen

en de kroon van de koning lag op een karmozijnrood fluwelen kussen

Und dann kam das Ende dieser großen Prozession

En toen kwam het einde van deze grootse processie

Und da waren am Ende der König und die Königin der Herzen

En daar aan het einde waren de Hartenkoning en de Hartenkoningin

der Zug kam Alice gegenüber

de stoet kwam tegenover Alice

Und alle blieben stehen und sahen sie an

En ze stopten allemaal en keken naar haar

Und die Königin sprach streng: "Wer ist das?"

en de koningin zei streng: "Wie is dit?"

Sie sagte es zum Herzknaben

Ze zei het tegen de Hartenboer

aber er verbeugte sich nur und lächelte als Antwort

Maar hij boog alleen maar en glimlachte als antwoord

Alice sprach sehr höflich

Alice sprak heel beleefd

"Mein Name ist Alice, also bitte, Eure Majestät"

"Mijn naam is Alice, dus alstublieft uwe majesteit"

Aber sie hatte andere Gedanken für sich

Maar ze had andere gedachten voor zichzelf

"Es ist doch nur ein Kartenspiel!"

"Het is tenslotte maar een pak kaarten!"

»Kannst du Krocket spielen?« rief die Königin

"Kun je croquet spelen?" riep de koningin

Die Frage war offenbar an Alice gerichtet
De vraag was duidelijk voor Alice bedoeld
"Ja!" sagte Alice laut
"Ja!" zei Alice luid
"Komm also spielen!" brüllte die Königin
"Kom dan spelen!" brulde de koningin
sprach eine schüchterne Stimme zu Alice
een verlegen stem sprak tot Alice
"Es ist ein sehr schöner Tag!"
"Het is een hele fijne dag!"
Sie ging an dem weißen Kaninchen vorbei
Ze liep langs het witte konijn
und das weiße Kaninchen guckte ihr ängstlich ins Gesicht
en het Witte Konijn gluurde angstig in haar gezicht
»ein sehr schöner Tag,« bestätigte Alice
"Inderdaad een heel mooie dag," bevestigde Alice
»Wo ist die Herzogin?«
"Waar is de hertogin?"
»Still! Still!" sagte das Kaninchen
"Stil! Stil!" zei het Konijn
"Sie ist zum Tode verurteilt"
"Ze is veroordeeld tot executie"
»Wofür wird sie hingerichtet?« fragte Alice
"Waarom wordt ze geëxecuteerd?" vroeg Alice
"Sie hat der Königin die Ohren abgewetzt", begann das Kaninchen
'Ze heeft de oren van de koningin geschaafd,' begon het konijn
schrie die Königin mit Donnerstimme
schreeuwde de koningin met een stem van de donder
"Ran an eure Plätze!"
"Ga naar je plaatsen!"
Und die Leute rannten in alle Richtungen herum
En de mensen begonnen in alle richtingen rond te rennen
Und sie fielen alle aneinander
En ze tuimelden allemaal tegen elkaar aan
Sie hatten sich jedoch in ein oder zwei Minuten beruhigt
Ze waren echter binnen een minuut of twee tot rust gekomen

Und dann begann das Spiel
En toen begon het spel
Alice hatte noch nie einen so merkwürdigen Krocketplatz gesehen
Alice had nog nooit zo'n merkwaardig croquetveld gezien
Das Gras bestand nur aus Graten und Furchen
Het gras was een en al richels en voren
Die Krocketbälle waren echte Igel
De croquetballen waren echte egels
und die Schlägel waren echte Flamingos
En de hamers waren echte flamingo's
und die Soldaten standen auf Händen und Füßen
En de soldaten stonden op handen en voeten
weil die Bögen aus ihren Körpern gemacht wurden
Omdat de bogen van hun lichamen zijn gemaakt
Die Spieler spielten alle gleichzeitig
De spelers speelden allemaal tegelijk
Niemand wartete, bis er an der Reihe war
Niemand wachtte op zijn beurt
und jeder stritt sich mit jedem
En iedereen maakte ruzie met iedereen
und alle kämpften für die Igel
En ze vochten allemaal voor de egels
Bald geriet die Königin in eine wütende Leidenschaft
Al snel was de koningin in een woedende woede
Und sie fing an, herumzustampfen und zu schreien
En ze begon te stampen en te schreeuwen
»Hacken Sie ihm den Kopf ab!«
"Hak zijn hoofd af!"
"Hack ihr den Kopf ab!"
"Hak haar hoofd af!"
"Hackt ihnen alle Köpfe ab!"
"Hak al hun hoofden eraf!"
Wieder dachte Alice bei sich.
Weer dacht Alice bij zichzelf
"Sie lieben es schrecklich, hier Menschen zu enthaupten"
"Ze zijn hier vreselijk dol op het onthoofden van mensen"

"Das große Wunder ist, dass überhaupt noch jemand am Leben ist!"
"Het grote wonder is dat er nog iemand in leven is!"
Sie sah sich nach einem Ausweg um
Ze zocht naar een manier om te ontsnappen
Sie bemerkte eine merkwürdige Erscheinung in der Luft
Ze zag een merkwaardige verschijning in de lucht
»Es ist die Cheshire-Katze,« sagte sie zu sich selbst
'Het is de Cheshire-kat,' zei ze tegen zichzelf
"Jetzt habe ich jemanden, mit dem ich reden kann"
"Nu zal ik iemand hebben om mee te praten"
"Wie geht es dir?" fragte die Katze
"Hoe gaat het met je?" zei de kat
»Ich glaube nicht, daß sie ganz und gar fair spielen«, sagte Alice
'Ik denk niet dat ze eerlijk spelen,' zei Alice
Und sie hatte einen ziemlich klagenden Ton
En ze had een nogal klagende toon
"Sie streiten sich alle so fürchterlich"
"Ze maken allemaal zo'n vreselijke ruzie"
"Man hört sich selbst nicht sprechen"
"Je kunt jezelf niet horen praten"
"Und sie scheinen sich nicht an irgendwelche Regeln zu halten"
"En ze lijken zich aan geen enkele regel te houden"
die Katze stellte Alice mit leiser Stimme eine Frage
de kat stelde Alice een vraag met zachte stem
"Wie gefällt dir die Königin?"
"Wat vind je van de koningin?"
»Ich mag sie gar nicht,« sagte Alice
"Ik vind haar helemaal niet leuk", zei Alice

Alice dachte, sie könnte genauso gut zurückgehen
Alice dacht dat ze net zo goed terug kon gaan
Sie wollte sehen, wie das Spiel läuft
Ze wilde zien hoe de wedstrijd verliep
Sie machte sich auf die Suche nach ihrem Igel
Ze ging op zoek naar haar egel
Der Igel war damit beschäftigt, gegen einen anderen Igel zu kämpfen
De egel was druk bezig met het bestrijden van een andere egel
Das war eine ausgezeichnete Gelegenheit
Dit was een uitgelezen kans
Sie konnte einen Igel mit dem anderen krocketen
Ze kon de ene egel met de andere croqueten
Aber ihr Flamingo war auf der anderen Seite des Gartens
Maar haar flamingo stond aan de andere kant van de tuin
Der Flamingo war ziemlich tollpatschig
De flamingo was nogal onhandig
Ihr Flamingo versuchte, gegen einen Baum zu fliegen
Haar flamingo probeerde tegen een boom aan te vliegen
Sie packte den Flamingo am Bein

Ze greep de flamingo bij de poot
Und sie schob sich den Flamingo unter den Arm
En ze stopte de flamingo weg onder haar arm
So konnte der Flamingo nicht mehr entkommen
Op die manier kon de flamingo niet meer ontsnappen
In diesem Augenblick traf Alice zufällig die Herzogin
Net op dat moment ontmoette Alice toevallig de hertogin
Die Herzogin war nun aus dem Gefängnis entlassen worden
De hertogin was nu uit de gevangenis
Sie schob ihren Arm liebevoll unter Alices Arm
Ze stak haar arm liefdevol onder Alice's arm
Und dann gingen sie zusammen fort
En toen liepen ze samen weg
Alice war sehr froh, sie in so angenehmer Laune zu finden
Alice was erg blij haar in zo'n aangenaam humeur te vinden
Sie erschrak jedoch ein wenig
Ze schrok echter een beetje
Sie hörte die Stimme der Herzogin dicht an ihrem Ohr
Ze hoorde de stem van de hertogin dicht bij haar oor
"Du denkst über etwas nach, meine Liebe"
"Je denkt ergens aan, mijn liefste"
"Und das lässt dich das Reden vergessen"
"En daardoor vergeet je te praten"
»Das Spiel geht jetzt etwas besser«, sagte Alice
'Het spel gaat nu een stuk beter,' zei Alice
Es war eine Möglichkeit, das Gespräch am Laufen zu halten
Het was een manier om het gesprek gaande te houden
»So ist es,« sagte die Herzogin
"Dat is inderdaad zo," zei de hertogin
"Und die Moral davon ist folgende."
"En de moraal daarvan is deze:"
"Es ist die Liebe, die alles macht!"
"Het is de liefde die alles doet!"
"Liebe ist das, was die Welt bewegt"
"Liefde is wat de wereld doet draaien"
Alice hatte eine andere Erklärung
Alice had een andere verklaring

"Das macht jeder, der sich um seine eigenen
Angelegenheiten kümmert!"
"Het wordt gedaan door iedereen die zich met zijn eigen
zaken bemoeit!"
»Ah, gut! Du könntest Recht haben"
"Ach ja! Je zou gelijk kunnen hebben"
»Es bedeutet alles ziemlich dasselbe,« sagte die Herzogin
"Het betekent allemaal ongeveer hetzelfde," zei de hertogin
und sie grub ihr spitzes kleines Kinn in Alices Schulter
en ze groef haar scherpe kinnetje in Alice's schouder
"Und die Moral davon ist folgende"
"En de moraal daarvan is deze"
"Kümmere dich um die Sinne"
"Zorg voor de zintuigen"
"Und dann erledigen sich die Klänge von selbst"
"En dan zorgen de geluiden voor zichzelf"
Aber dann fing der Arm der Herzogin an zu zittern
Maar toen begon de arm van de hertogin te trillen
Alice blickte auf und da stand die Königin
Alice keek op en daar stond de koningin
Die Königin hatte die Arme verschränkt
De koningin had haar armen over elkaar
Und sie runzelte die Stirn wie ein Gewitter!
En ze fronste haar wenkbrauwen als een onweersbui!
»Ich warne dich!« schrie die Königin
"Ik geef je een eerlijke waarschuwing", schreeuwde de
koningin
Und sie stampfte auf den Boden, während sie sprach
En ze stampte op de grond terwijl ze sprak
"Entweder dein Kopf oder ihr Kopf muss ausgeschaltet sein"
"Of je hoofd of haar hoofd moet eraf zijn"
"Treffen Sie Ihre Wahl!"
"Maak je keuze!"
"Und beeilen Sie sich"
"En wees er snel bij"
Die Herzogin traf ihre Wahl
De hertogin maakte haar keuze

und in einem Augenblick war die Herzogin verschwunden
En binnen een ogenblik was de hertogin verdwenen
Da sprach die Königin zu Alice
Toen sprak de koningin tot Alice
"Weiter geht's mit dem Spiel"
"Laten we doorgaan met het spel"
Alice war zu erschrocken, um ein Wort zu sagen
Alice was te bang om een woord te zeggen
und langsam folgte sie ihrem Rücken zum Krocketplatz
En ze volgde haar langzaam terug naar het croquetveld
Die ganze Zeit stritt sich die Dame mit den anderen Spielern
De hele tijd maakte de koningin ruzie met de andere spelers
»Hacken Sie ihm den Kopf ab!«
"Hak zijn hoofd af!"
"Hack ihr den Kopf ab!"
"Hak haar hoofd af!"
"Hackt ihnen alle Köpfe ab!"
"Hak al hun hoofden eraf!"
Bald waren alle Spieler in Gewahrsam
Al snel zaten alle spelers in hechtenis
nur der König, die Königin und Alice blieben zurück
alleen de koning, de koningin en Alice bleven over
Da ging die Königin, ganz außer Atem
Toen ging de koningin weg, helemaal buiten adem
und sie ging mit Alice fort
en ze liep weg met Alice
Alice hörte, wie der König leise etwas sagte
Alice hoorde de koning zachtjes iets zeggen
"Ihr seid alle begnadigt"
"Jullie zijn allemaal vergeven"
aber plötzlich hörte man einen neuen Schrei
Maar opeens was er weer een kreet te horen
"Der Prozess beginnt!"
"Het proces begint!"
und Alice lief mit den andern
en Alice rende mee met de anderen

Wer hat die Torten gestohlen?

Wie heeft de taarten gestolen?

Der Herzkönig und die Herzkönigin saßen

De koning en de hartenkoningin zaten

sie saßen auf ihrem Thron, als Alice ankam

ze zaten op hun troon toen Alice arriveerde

Eine große Menschenmenge war um sie herum versammelt

Er had zich een grote menigte om hen heen verzameld

Es gab allerlei kleine Vögel und Bestien

Er waren allerlei kleine vogels en beesten

Und da war das ganze Kartenspiel

En daar was het hele pak kaarten

Der Spitzbube stand in Ketten vor ihnen

De knecht stond voor hen, geketend

und auf jeder Seite war ein Soldat, der ihn bewachte

En er was een soldaat aan elke kant om hem te bewaken

in der Nähe des Königs war das weiße Kaninchen

bij de koning was het witte konijn

Er hatte eine Trompete in der einen Hand

Hij had een trompet in de ene hand

Und in der andern Hand hielt er eine Pergamentrolle

En hij had een rol perkament in de andere hand

In der Mitte des Platzes stand ein Tisch

In het midden van de binnenplaats stond een tafel

Auf dem Tisch stand eine große Schüssel mit Torten

Op tafel stond een grote schaal met taarten

**"Ich wünschte, sie würden den Prozess zu Ende bringen",
dachte Alice**

'Ik wou dat ze de proef voor elkaar kregen,' dacht Alice

"Dann könnten wir etwas von diesen Erfrischungen essen!"

"Dan kunnen we wat van die versnaperingen eten!"

Der Richter war übrigens der König
De rechter was trouwens de koning
und er trug seine Krone über seiner großen Perücke
En hij droeg zijn kroon over zijn grote pruik
»Das ist die Loge der Geschworenen!« dachte Alice
"Dat is de jurybox", dacht Alice
"Und diese zwölf Geschöpfe, ich nehme an, sie sind die Geschworenen"
"en die twaalf wezens, ik veronderstel dat zij de juryleden zijn"
einige waren Tiere, andere waren Vögel
sommige waren dieren en sommige waren vogels
In diesem Augenblick schrie das weiße Kaninchen auf
Op dat moment schreeuwde het witte konijn het uit
"Schweigen im Gericht!"
"Stilte in de rechtbank!"
»Herold, lesen Sie die Anklage!« sagte der König

"Heraut, lees de aanklacht!" zei de koning
Das weiße Kaninchen blies drei Stöße auf die Trompete
Het witte konijn blies drie slagen op de trompet
dann entrollte er die Pergamentrolle
Toen rolde hij de perkamenten rol uit
Und er las folgendes:
En hij las als volgt:
"Die Königin der Herzen, sie hat ein paar Torten gebacken."
"De hartenkoningin, ze heeft wat taarten gemaakt,"
"All das tat sie an einem Sommertag"
"Dit alles deed ze op een zomerse dag"
"Der Schurke der Herzen, er hat diese Torten gestohlen"
"De hartenknaap, hij heeft die taarten gestolen"
"Und er hat diese Torten weit weg gebracht!"
"En hij nam die taarten ver weg!"
»Rufen Sie den ersten Zeugen,« sagte der König
"Roep de eerste getuige", zei de koning
und das weiße Kaninchen blies drei Stöße auf die Trompete
En het witte konijn blies drie slagen op de trompet
»Bringt den ersten Zeugen!« rief er
"Breng de eerste getuige mee!" riep hij
Der erste Zeuge war der Hutmacher
De eerste getuige was de hoedenmaker
Er kam mit einer Teetasse in der einen Hand herein
Hij kwam binnen met een theekopje in de ene hand
Und in der anderen Hand hatte er ein Stück Brot und Butter
En hij had een stuk brood en boter in de andere hand
»Du hättest fertig sein sollen,« sagte der König
"Je had moeten eindigen," zei de koning
"Wann hast du angefangen?"
"Wanneer ben je begonnen?"
Der Hutmacher schaute sich den Märzhasen an
De hoedenmaker keek naar de marshaas
Der Märzhase war ihm in den Hof gefolgt
De marshaas was hem gevolgd naar het hof
Er war Arm in Arm mit dem Siebenschläfer gegangen
Hij was arm in arm met de slaapmuis gelopen

»Ich glaube, es war der vierzehnte März«, sagte er
"Veertien maart, ik denk dat het was," zei hij
»Geben Sie Ihre Aussage,« sagte der König
"Geef uw getuigenis", zei de koning
"Und sei nicht nervös, sonst lasse ich dich auf der Stelle
hinrichten"
"en wees niet nerveus, anders laat ik je ter plekke executeren"
Das schien den Zeugen überhaupt nicht zu ermutigen
Dit leek de getuige in het geheel niet aan te moedigen
Er rutschte immer wieder von einem Fuß auf den anderen
Hij schoof steeds van de ene voet op de andere
und er sah die Königin unruhig an
En hij keek ongemakkelijk naar de koningin
und in seiner Verwirrung biß er ein großes Stück aus seiner
Teetasse
En in zijn verwarring beet hij een groot stuk uit zijn theekopje
Eigentlich wollte er von seinem Brot und seiner Butter
beißen
Eigenlijk was het zijn bedoeling om van zijn brood en boter te
bijten
In diesem Augenblick fühlte Alice eine sehr merkwürdige
Empfindung
Juist op dat moment voelde Alice een heel merkwaardig
gevoel
Sie fing an, wieder größer zu werden
Ze begon weer groter te worden
Der unglückliche Hutmacher ließ seine Teetasse fallen
De ellendige hoedenmaker liet zijn theekopje vallen
und das Brot und die Butter fielen zu Boden
en het brood en de boter vielen op de grond
und er fiel auf die Knie
En hij ging op één knie zitten
»Ich bin ein armer Mann, Eure Majestät,« begann er
'Ik ben een arme man, majesteit,' begon hij
»Du bist ein sehr schlechter Redner,« sagte der König
"Je bent een heel slechte spreker", zei de koning
»Du darfst gehen,« sagte der König

"Je mag gaan," zei de koning
und der Hutmacher verließ eilig den Hof
En de hoedenmaker verliet haastig het hof
»Rufen Sie den nächsten Zeugen her!« sagte der König
"Roep de volgende getuige!" zei de koning
Der nächste Zeuge war die Köchin der Herzogin
De volgende getuige was de kokkin van de hertogin
Sie trug die Pfefferdose in der Hand
Ze droeg de peperdoos in haar hand
Und die Leute in der Nähe der Tür fingen auf einmal an zu niesen
En de mensen bij de deur begonnen ineens te niezen
»Geben Sie Ihre Aussage,« sagte der König
"Geef uw getuigenis", zei de koning
»Ich will nichts beweisen,« sagte die Köchin
"Ik zal geen getuigenis afleggen," zei de kok
Der König sah das weiße Kaninchen ängstlich an
De koning keek angstig naar het witte konijn
Und das weiße Kaninchen sprach mit leiser Stimme
En het witte konijn sprak met een zachte stem
"Eure Majestät müssen diesen Zeugen ins Kreuzverhör nehmen"
"Uwe Majesteit moet deze getuige aan een kruisverhoor onderwerpen"
»Nun, wenn ich muß, so muß ich,« sagte der König
"Nou, als het moet, moet het wel", zei de koning
"Woraus bestehen Torten?"
"Waar zijn taarten van gemaakt?"
»Torten werden meistens aus Pfeffer gemacht«, sagte die Köchin
"Taarten zijn meestal gemaakt van peper", zei de kok
Einige Minuten lang war der ganze Hof in Verwirrung
Minutenlang was de hele rechtbank in verwarring
Schließlich ließen sie sich alle wieder nieder
Uiteindelijk kwamen ze allemaal weer tot rust
Aber da war die Köchin schon verschwunden
Maar toen was de kok al verdwenen

»Macht nichts!« sagte der König
"Laat maar!" zei de koning
"Rufen Sie den nächsten Zeugen in den Zeugenstand"
"Roep de volgende getuige naar de tribune"
Alice beobachtete das weiße Kaninchen, wie es an der Liste herumfummelte
Alice keek naar het witte konijn terwijl hij aan de lijst rommelde
Sie können sich vorstellen, wie überrascht sie war, als sie das hörte, was sie als nächstes hörte
Je kunt je voorstellen hoe verrast ze was over wat ze vervolgens hoorde
Mit lauter schriller kleiner Stimme rief er den Namen »Alice!«
uit volle borst riep hij de naam "Alice!"

Alices Beweise
Alice's bewijs

»Hier!« rief Alice
"Hier!" riep Alice
Sie sprang in großer Eile auf
Ze sprong met grote haast op
und sie kippte die Geschworenenloge um
En ze kantelde de jurybox om
und sie warf alle Geschworenen um
En ze gooide alle juryleden omver
und sie fielen auf die Köpfe der Menge unten
en zij vielen op de hoofden van de menigte beneden
Alice war in großer Bestürzung
Alice was in grote ontzetting
»Oh, ich bitte um Verzeihung!« rief sie aus
"O, neem me niet kwalijk!" riep ze uit
»Der Prozeß kann nicht fortgesetzt werden,« sagte der König
"Het proces kan niet doorgaan", zei de koning
"Die Geschworenen müssen wieder an ihre angestammten Plätze zurückkehren"
"De juryleden moeten weer op hun juiste plaats gaan zitten"
Er wiederholte den Befehl mit großem Nachdruck
Hij herhaalde het bevel met grote nadruk
und er sah Alice streng an
en hij keek Alice streng aan
"Was weißt du über diese Ereignisse?" fragte der König Alice
"Wat weet je over deze gebeurtenissen?" vroeg de koning aan Alice
»Ich weiß nichts von der Sache,« sagte Alice
"Ik weet niets over het onderwerp," zei Alice
Dann las der König aus seinem Buch vor
De koning las toen voor uit zijn boek
"Regel zweiundvierzig"
"Regel tweeënveertig"
"Alle Personen, die mehr als eine Meile hoch sind, sollen das Gericht verlassen"

"Alle personen die meer dan een mijl hoog zijn, moeten het hof verlaten"
»Ich bin keine Meile hoch,« sagte Alice
"Ik ben geen mijl hoog", zei Alice
»Fast zwei Meilen hoch,« sagte die Königin
"Bijna twee mijl hoog," zei de koningin

»Nun, ich weigere mich zu gehen,« sagte Alice
"Nou, ik weiger te gaan", zei Alice
Der König erbleichte
De koning werd bleek
und er schloß hastig sein Notizbuch
En hij sloeg haastig zijn notitieboekje dicht
»Überlegen Sie sich Ihr Urteil«, sagte er zu den Geschworenen
"Denk na over uw oordeel", zei hij tegen de jury
Er sprach mit leiser, zitternder Stimme

Hij sprak met een lage, bevende stem
Da sprach das weiße Kaninchen
Toen sprak het witte konijn
"Es werden noch mehr Beweise kommen"
"Er komt nog meer bewijs"
und er sprang in großer Eile auf
En hij sprong met grote haast op
"Dieses Papier wurde gerade abgeholt"
"Dit papier is net opgehaald"
"Es scheint ein Brief des Gefangenen zu sein"
"Het lijkt een brief te zijn die door de gevangene is
geschreven"
Er faltete das Papier auseinander, während er sprach
Hij vouwde het papier open terwijl hij sprak
"Es ist doch kein Brief"
"Het is toch geen brief"
"Was es war, war eine Reihe von Versen"
"Wat het was, was een reeks verzen"
»Bitte, Eure Majestät,« sagte der Spitzbube
"Alstublieft, majesteit," zei de knaap
"Ich habe diese Verse nicht geschrieben"
"Ik heb die verzen niet geschreven"
**"und sie können nicht beweisen, dass ich etwas geschrieben
habe"**
"En ze kunnen niet bewijzen dat ik iets heb geschreven"
"Am Ende ist kein Name unterschrieben"
"Er is geen naam ondertekend aan het einde"
Der König sprach mit dem Spitzbuben
De koning sprak tot de knecht
"Du musst vorgehabt haben, Unheil anzurichten"
"Het moet je bedoeling zijn geweest om wat onheil te stichten"
"Sonst hättest du wie ein ehrlicher Mann unterschrieben"
"Anders had je je naam getekend als een eerlijk man"
Es gab ein allgemeines Händeklatschen
Er werd algemeen in de handen geklapt
Und der König wandte sich an das weiße Kaninchen
En de koning wendde zich tot het witte konijn

»Lest die Verse!« befahl er.
'Lees de verzen', beval hij
Es herrschte Totenstille im Gerichtssaal
Er heerste een doodse stilte in de rechtszaal
und das weiße Kaninchen las die Verse vor
En het witte konijn las de verzen voor
Sie sagten mir, du wärst bei ihr gewesen
Ze vertelden me dat je bij haar was geweest
Und sie erwähnten mich ihm gegenüber
En ze noemden me bij hem
Sie gab mir einen guten Charakter
Ze gaf me een goed karakter
Aber sie sagte, ich könne nicht schwimmen
Maar ze zei dat ik niet kon zwemmen
Er ließ ihnen wissen, dass ich nicht gegangen sei
Hij stuurde hun het bericht dat ik niet was gegaan
Wir wissen, dass es wahr ist
We weten dat het waar is
Wenn sie die Sache vorantreiben sollte, was würde aus dir werden?
Als ze de zaak zou doorzetten, wat zou er dan van je worden?
Ich gab ihr einen, sie gaben ihm zwei
Ik gaf haar er een, zij gaven hem er twee
Du hast uns drei oder mehr gegeben
Je gaf ons er drie of meer
Sie sind alle von ihm zu dir zurückgekehrt
Ze zijn allemaal van hem naar jou teruggekeerd
obwohl sie vorher meine waren
hoewel ze eerder van mij waren
Wenn ich oder sie die Chance haben sollte,
Als ik of zij toevallig zou zijn
Wenn ich oder sie in diese Affäre verwickelt wäre
Als ik of zij betrokken was bij deze affaire
Er vertraut auf dich, dass du sie befreien wirst
Hij vertrouwt op jou om hen te bevrijden
Genau so wie wir waren
Precies zoals we waren

Ich hatte den Eindruck, dass Sie
Mijn idee was dat je was geweest
Bevor sie diesen Anfall hatte
Voordat ze deze aanval had
Ein Hindernis, das dazwischen kam
Een obstakel dat tussen
Er und wir und es
Hij, en onszelf, en het
Lass ihn nicht wissen, dass sie ihr am besten gefallen haben
Laat hem niet weten dat ze ze het leukst vond
Denn dies muss für immer ein Geheimnis bleiben, das vor allen anderen verborgen bleibt
Want dit moet voor altijd een geheim zijn, verborgen voor alle anderen
Dieses Geheimnis muss ein Geheimnis zwischen dir und mir bleiben
Dit geheim moet een geheim blijven tussen jou en mij
Der König war sehr beeindruckt
De koning was erg onder de indruk
"Das ist das wichtigste Beweisstück, das wir bisher gehört haben"
"Dat is het belangrijkste bewijs dat we tot nu toe hebben gehoord"
»Ich glaube nicht, daß diese Verse auch nur ein Atom Bedeutung haben,« wandte Alice ein
'Ik geloof niet dat die verzen ook maar een greintje betekenis hebben,' wierp Alice tegen
der König hatte seine eigene Meinung zu dieser Angelegenheit
de koning had er zo zijn eigen mening over
"Wenn diese Worte keinen Sinn haben, erspart das eine Menge Ärger"
"Als er geen betekenis in die woorden zit, scheelt dat een wereld van ellende"
"Dann brauchen wir nicht zu versuchen, den Sinn zu finden"
"Dan hoeven we niet te zoeken naar de betekenis"

"Lassen Sie die Geschworenen über ihr Urteil nachdenken"
"Laat de jury zich beraden op hun oordeel"
»Nein, nein!« sagte die Königin
"Nee, nee!" zei de koningin
"Erst die Verurteilung, dann das Urteil"
"Eerst veroordeling, dan vonnis"
"Zeug und Unsinn!" sagte Alice laut
"Onzin en onzin!" zei Alice luid
"Wie dumm ist es, den Angeklagten zuerst zu verurteilen!"
"Hoe dom is het om de beklaagde eerst te veroordelen!"

»Schweige!« sagte die Königin und färbte sich violett an
"Hou je mond!" zei de koningin, terwijl ze paars werd
"Ich werde nicht den Mund halten!" sagte Alice
"Ik zal mijn mond niet houden!" zei Alice
schrie die Königin aus voller Kehle
De koningin schreeuwde uit volle borst
"Hack ihr den Kopf ab!"
"Hak haar hoofd eraf!"
Niemand machte eine Bewegung
Niemand maakte een beweging

"Wen kümmert es, was du sagst?" sagte Alice
"Wat maakt het uit wat je zegt?" zei Alice
**Zu diesem Zeitpunkt war sie bereits zu ihrer vollen Größe
herangewachsen**
Tegen die tijd was ze tot haar volle grootte gegroeid
"Du bist nichts als ein Kartenspiel!"
"Je bent niets anders dan een pak kaarten!"
Bei diesen Worten hoben sich alle Karten in die Luft
Hierop stegen alle kaarten in de lucht
und alle Karten flogen auf sie herab
En alle kaarten vlogen op haar neer
Sie stieß einen kleinen Schrei aus
Ze gaf een klein gilletje
Sie war halb erschrocken, aber auch wütend
Ze was half bang, maar ook boos
Und sie versuchte, sich gegen die Karten zu wehren
En ze probeerde de kaarten van zichzelf af te vechten
Und dann fand sie sich auf der Grasbank liegend
En toen lag ze op de grasbank
Ihr Kopf lag im Schoß ihrer Schwester
Haar hoofd lag in de schoot van haar zus
**Einige abgestorbene Blätter waren auf ihrem Gesicht
gelandet**
Er waren wat dode bladeren op haar gezicht geland
und ihre Schwester wischte vorsichtig die Blätter weg
En haar zus veegde voorzichtig de bladeren weg
»Wach auf, liebe Alice!« sagte die Schwester
"Wakker worden, Alice!" zei haar zus
"Was für einen langen Schlaf hast du gehabt!"
"Wat heb je lang geslapen!"
**"Oh, ich habe so einen merkwürdigen Traum gehabt!" sagte
Alice**
"Oh, ik heb zo'n merkwaardige droom gehad!" zei Alice
**Und sie erzählte ihrer Schwester alles, woran sie sich
erinnern konnte**
En ze vertelde haar zus alles wat ze zich kon herinneren
all die seltsamen Abenteuer, von denen Sie gerade gelesen

haben
Alle vreemde avonturen waar je net over hebt gelezen
Alice stand auf und rannte davon
Alice stond op en rende weg
Und während sie lief, dachte sie an ihren Traum
En ze dacht, terwijl ze rende, aan haar droom
"Was für ein wunderbarer Traum das gewesen war!"
"Wat een prachtige droom was het geweest!"